U0513843

历代笔记小说大观

青箱杂记
春渚纪闻

[宋]吴处厚 何薳 撰

尚成 钟振振 校点

图书在版编目(CIP)数据

青箱杂记　春渚纪闻／（宋）吴处厚　何薳撰；
尚成　钟振振校点. —上海：上海古籍出版
社，2012.12（2023.8重印）
（历代笔记小说大观）
ISBN 978 - 7 - 5325 - 6339 - 5

Ⅰ.①青… ②春… Ⅱ.①吴… ②何… ③尚…
④钟… Ⅲ.①笔记小说-小说集-中国-宋代
Ⅳ.①I242.1

中国版本图书馆 CIP 数据核字（2012）第 044982 号

历代笔记小说大观

青箱杂记　春渚纪闻

[宋] 吴处厚　何　薳　撰

尚　成　钟振振　校点

上海古籍出版社出版发行

（上海市闵行区号景路 159 弄 1 - 5 号 A 座 5F　邮政编码 201101）

（1）网址：www.guji.com.cn

（2）E-mail：guji1@guji.com.cn

（3）易文网网址：www.ewen.co

常熟文化印刷有限公司印刷

开本 635×965　1/16　印张 10　插页 2　字数 134,000

2012 年 12 月第 1 版　2023 年 8 月第 2 次印刷

印数：2,101—3,200

ISBN 978 - 7 - 5325 - 6339 - 5

I·2493　定价：25.00 元

如有质量问题，请与承印公司联系

总　目

青 箱 杂 记

［宋］吴处厚　撰
尚　成　校点

校 点 说 明

　　《青箱杂记》十卷，宋吴处厚撰。处厚字伯固，邵武（今属福建）人。皇祐五年（1053）进士，初授临汀狱掾，后仕将作监丞，授馆职，出知汉阳军，擢知卫州。期间曾因求荐未遂，歪曲蔡确《车盖亭诗》进行诬陷，为士大夫所鄙，入《宋史·奸臣传》。

　　据作者自序，知书成于元祐二年（1087），系仿《北梦琐言》、《归田录》等"采摭一时之事，要以广记资讲话"而作。其多记五代及北宋朝野杂事、官制、掌故、诗话、民俗等，于北宋馆阁官制设置、一些政要生卒年月记载颇详。另对北宋著名文人学士如王禹偁、杨亿、潘阆、魏野、林逋、陈尧佐、宋庠、范仲淹、石曼卿、柳永等人的作品和遗闻记载，多为他书所不见。卷九所记作莲花漏之花，则是科技史研究的宝贵资料。其记事立言偶有失实附会之处，致为《郡斋读书志》所责。

　　《青箱杂记》的主要版本有《稗海》、《四库全书》、《笔记小说大观》、《说郛》和夏敬观校本等。这次整理以文津阁《四库全书》本为底本，用《稗海》、《笔记小说大观》等本对校，并予断句标点。遇有异文，则择善而从，不出校记。书前诸本均无作者自序，今据北京图书馆所藏抄本补。

目　　录

序

　　前世小说有《北梦琐言》、《酉阳杂俎》、《玉堂闲话》、《戎幕闲谈》，其类甚多。近代复有《闲花》、《闲录》、《归田录》，皆采摭一时之事，要以广记资讲话而已。余自筮仕未尝废书，又喜访问，故闻见不觉滋多。况复遇事裁量，动成品藻，亦辄纪录，以为警劝。而所纪皆从脞不次，题曰《青箱杂记》，凡一十卷。元祐二年春正月甲寅日谨序。

卷一

雷德骧，长安人，太祖时久居谏诤之任，有直名。与赵普有隙，时普以勋旧作相，宠遇方渥，骧间请对，言普专权，容堂吏纳赂。由是忤旨，贬商州司户。岁余，其子有邻挝登闻鼓诉冤。鞫得其实，堂吏李可度除名，余党皆杖脊黥配远州。出普知河阳，召德骧复旧官，擢有邻守校书郎。后普复入相，德骧恳乞致仕。太宗勉之曰："朕终保卿，必不为普所挤。"有邻性亦刚鲠，有父风。太宗尝面谕有邻："朕欲用汝父为相，何如？"有邻对曰："臣父有才略而无度量，非宰相器。"乃止。有邻弟有终亦有才，平蜀寇最有功，为宣徽使，薨。德骧、有终父子二人常并命为江南两路转运使，当世荣之。王禹偁赠诗二首，其一曰："江南江北接王畿，漕运帆樯去似飞。父子有才同富国，君王无事免宵衣。屏除奸吏魂应丧，养活疲民肉渐肥。还有文场受恩客，望尘情抱倍依依。"其二曰："当时词气压朱云，老作皇家谏诤臣。章疏罢封无事日，朝廷犹指直言人。题诗野馆光泉石，讲《易》秋堂动鬼神。棘寺下僚叨末路，斋心唯祝秉鸿钧。"盖禹偁常出德骧门下，而德骧深于《易》，酷嗜吟咏故也。

有终有将略，自平蜀后，人为立祠。又尝以私财犒士，贫不能足，贷钱以给，比捐馆时犹逋三万缗，真宗特出内帑偿之。故魏野哭有终诗曰："圣代贤臣丧，何人不惨颜！新祠人祭祀，旧债帝填还。卤簿尘侵暗，铭旌泪洒斑。功名谁复继，敕葬向家山。"

洛阳龙门有吕文穆公读书龛，云文穆昔尝栖偃于此。初有友二人，一人则温尚书仲舒，一人忘其姓名，而三人誓不得状元不仕。及唱第，文穆状元，温已不意，然犹中甲科，遂释褐。其一人径拂衣归隐。后文穆作相，太宗问："昔谁为友？"文穆即以归隐者对。遽以著作佐郎召之，不起。故文穆罢相尹洛，作诗曰："昔作儒生谒贡闱，今提相印出黄扉。九重鹓鹭醉中别，万里烟霄达了归。邻叟尽垂新鹤发，故人犹著旧麻衣。洛阳谩道多才子，自叹遭逢似我稀。"所谓"故人",盖斥其反归隐者。

文穆有大第在洛中,真宗祠汾时,车驾幸止其厅。后人不敢复坐,围以栏楯,设御榻焉。即今张文孝公宅是也。

张文孝公观,以真宗幸亳岁状元及第,致仕枢密副使,而其父尚无恙。父名居业,《周易》学究,性友弟。滞选调三十余年,年六十余始转京秩,以主客员外郎致仕。见其子入践枢府,授大府卿,寿九十卒。卒未逾年,张公亦捐馆,故谥文孝。乃知张公贵达,皆其父福庆所致。

李文正公昉,深州饶阳人。太祖在周朝,已知其名;及即位,用以为相。常语昉曰:"卿在先朝,未尝倾陷一人,可谓善人君子。"故太宗遇昉亦厚,年老罢相,每曲宴,必宣赴赐坐。昉尝献诗曰:"微臣自愧头如雪,也向钧天侍玉皇。"昉诗务浅切,效白乐天体。晚年与参政李公至为唱和友,而李公诗格亦相类,今世传《二李唱和集》是也。

公有第在京城北,家法尤严。凡子孙在京守官者,俸钱皆不得私用,与饶阳庄课并输宅库,月均给之。故孤遗房分皆获沾济,世所难及也。有子宗谔,仕至翰林学士,篇什笔札,两皆精妙。太宗朝尝以京官带馆职赴内宴,阁门拒之,宗谔献诗曰:"戴了宫花赋了诗,不容重睹赭黄衣。无聊独出金门去,恰似当年下第归。"盖宗谔尝举进士,御试下第,故诗因及之。太宗即时宣召赴坐,后遂为例。虽选人带职,亦预内宴,自宗谔始也。

王文正公旦,相真宗仅二十年。时值四夷纳款,海内无事,天书荐降,祥瑞沓臻,而大驾封岱祠汾,皆为仪卫使扈跸。处士魏野献诗曰:"太平宰相年年出,君在中书十四秋。西祀东封俱已毕,可能来伴赤松游?"

世传真宗任旦为相,常倚以决事。故欧阳少师撰旦《神道碑铭》曰:"国有大事,事有大疑。匪卜匪筮,公为蓍龟。"公虽荷真宗眷委之重,每慎密远权以自防,故君臣之间,略无纤隙可窥。

公与杨文公亿为空门友。杨公谪汝州,公适当轴,每音问不及他事,唯谈论真谛而已。余尝见杨公亲笔与公云:"山栗一秤,聊表村信。"盖汝唯产栗,而亿与王公忘形,以一秤栗遗之,斯亦昔人鸡黍缟纻之意也。

世传王公尝记前世为僧，与唐房太尉事颇相类。及将捐馆，遗命剃发，以僧服敛。家人不欲，止以缁褐一袭纳诸棺而已。然公风骨清峭，顶项微结喉，有僧相。人皆谓其寒薄，独一善相者目之曰："公名位俱极，但禄气不丰耳。"故旦虽位极一品，而饮啖全少，不畜声伎。晚年移疾在告，真宗尝密赉白金五千两。表谢曰："已恨多藏，况无用处。"竟不受之，其清苦如此。

彭齐，吉州人，才辩滑稽，无与为对。未第时，常谒南丰宰，而宰不喜士，平居未尝展礼。一夕，虎入县廨，咥所蓄羊，弃残而去。宰即以会客，彭亦预。翌日，彭献诗谢之曰："昨夜黄斑入县来，分明踪迹印苍苔。几多道德驱难去，些子猪羊引便来。令尹声声言有过，录公口口道无灾。思量也解开东阁，留取头蹄设秀才。"南方谓押司录事为录公，览者无不绝倒。齐以大中祥符元年姚晔下及第，仕至太常博士，卒。

陈亚，扬州人，仕至太常少卿，年七十卒。盖近世滑稽之雄也，尝著药名诗百余首，行于世。若"风月前湖近，轩窗半夏凉"、"棋怕腊寒呵子下，衣嫌春暖宿纱裁"，及《赠祈雨僧》云"无雨若还过半夏，和师晒作葫芦耙"之类，极为脍炙。又尝知祥符县，亲故多借车马，亚亦作药名诗曰："地居京界足亲知，倩借寻常无歇时。但看车前牛领上，十家皮没五家皮。"览者无不绝倒。亚常言："药名用于诗，无所不可；而斡运曲折，使各中理，在人之智思耳。"或曰："延胡索可用乎？"亚曰："可。"沉思久之，因朗吟曰："布袍袖里怀漫刺，到处迁延胡索人。此可赠游谒穷措大。"闻者莫不大笑。

亚与章郇公同年友善。郇公当轴，将用之，而为言者所抑。亚作药名《生查子·陈情》献之，曰："朝廷数擢贤，旋占凌霄路。自是郁陶人，险难无移处。　也知没药疗饥寒，食薄何相误。大幅纸连粘，甘草《归田赋》。"亚又别成药名《生查子·闺情》三首，其一曰："相思意已深，白纸书难足。字字苦参商，故要槟郎读。　分明记得约当归，远至樱桃熟。何事菊花时，犹未回乡曲。"其二曰："小院雨余凉，石竹生风砌。罗扇尽从容，半下纱厨睡。　起来闲坐北亭中，滴尽真珠泪。为念婿辛勤，去折蟾宫桂。"其三曰："浪荡去未来，踯躅花频换。可惜石榴裙，兰麝香销半。　　琵琶闲抱理相思，必拨朱弦断。拟续断朱弦，待这冤家看。"亚又自为"亚"字谜曰："若教有口便哑，且要无心为恶。中间全没肚肠，外面强生棱角。"此虽一时俳谐之词，然所寄兴，亦有深意。亚又别有诗百余首，号《澄源集》。有《岁旦示知己》云："收寒归地底，表老向人间。"又《与友人郊游》云："马嘶曾到寺，犬吠乍行村。"《送归化宰王秘丞赴阙》云："吏辞如贺日，民送似迎时。"《怀旧隐》云："排联花品曾非僭，爱惜苔钱不是悭。"亦自成一家体格。

亚性宽和，累典名藩，皆有遗爱。然颇真率，无威仪，吏不甚惧。行坐常弄瓢子，不离怀袖，尤喜唱清和乐。知越州时，每拥骑自衙庭出，或由鉴湖缓辔而归，必敲镫代拍，潜唱彻三十六遍然后已，亦其性也。

郎中曹琰亦滑稽辩捷，尝有僧以诗卷投献，琰阅其首篇《登润州甘露阁》云："下观扬子小。"琰曰："何不道'卑吠狗儿肥?'"次又阅一篇《送僧》云："猿啼旅思凄。"琰曰："何不道'犬吠张三嫂?'"座中无不大笑。

龙图刘烨亦滑稽辩捷，尝与内相刘筠聚会饮茗，问左右曰："汤滚也未?"左右皆应曰"已滚"，筠曰："佥曰鲧哉。"烨应声曰："吾与点也。"

烨又尝与筠连骑趋朝，筠马病足，行迟。烨谓曰："马何故迟?"筠曰："只为五更三。"言点蹄也。烨应声曰："何不与他七上八?"意欲其下马徒行也。

卷二

　　龚颖，邵武人，先仕江南，归朝为侍御史。尝愤叛臣卢绛杀其叔慎仪，又害其家。后绛来陛见，舞蹈次，颖遽前以笏击而踏之。太祖惊问其故，颖曰："臣为叔父复仇，非有他也。"因俯伏顿首请罪，极言绛狼子野心不可畜。太祖即下令诛绛而赦颖。

　　颖自负文学，少许人，谈论多所折难。太宗朝知朗州，士罕造其门，独丁谓贽文求见。颖倒屣延迓，酬对终日，以至忘食。曰："自唐韩、柳后，今得子矣。"异日丁献诗于颖，颖次韵和酬曰："胆怯何由戴铁冠，只缘昭代奖孤寒。曲肱未遂违前志，直指无闻是旷官。三署每传朝客说，五溪闲凭郡楼看。祝君早得文场隽，况值天阶正舞干。"慎仪亦任江南，为尚书礼部侍郎、崇政殿学士，尝奉使岭表，刘主囚之，逾年不遣。慎仪忧悸不知所出，乃然顶祷佛，愿舍宅建寺，庶遂生还。未几刘主女病，谵语曰："且急遣龚慎仪归国，不然，我即死。"刘主惧，遣之。慎仪寻归，以宅为寺，即今邵武玉堂里香严寺是也。江南平，以慎仪为歙州刺史。卢绛领叛兵数千入其城，慎仪坐黄堂治事，有绛部曲小校熊进直前刃之，举族遇害。惟二女弗忍杀，携以自随。比入闽中，二女犹记忆乡里，至玉堂香严寺，徘徊不前，曰："此是我家，就死足矣。"绛即杀之。里老言慎仪为儿时戏于道旁，有胡僧过目之，曰："此儿骨法亦贵。但恨有凶相，恐不得令终。"竟如其言。

　　五代之际，天下剖裂。太祖启运，虽则下西川，平岭表，收江南，而吴、越、荆、闽纳籍归觐，然犹有河东未殄。其后太宗再驾，乃始克之。海内自此一统，故因御试进士，乃以"六合为家"为赋题。时进士王世则遽进赋曰："构尽乾坤，作我之龙楼凤阁；开穷日月，为君之玉户金关。"帝览之大悦，遂擢为第一人。

　　是年，李巽亦以《六合为家赋》登第。赋云："辟八荒而为庭衢，并包有截；用四夷而作藩屏，善闭无关。"此亦善矣，然不若世则之雄壮。巽字仲权，邵武人，以《蜃楼》、《土鼓》、《周处斩蛟》三赋驰名。累举不第,为乡人所侮,曰:"李秀才应举,空去空回,知席帽甚时得离身?"巽亦不较。至是,乃遗乡人诗曰:"当年踪迹困泥尘,不意乘时亦化鳞。为报乡闾亲戚道,如今席帽已离身。"盖国初犹袭唐风,士子皆曳袍重戴,出则以席帽自随。巽后仕至度支郎中、两浙转运使卒。与王禹偁相友善,今《小畜集》有《送李仲权赴官序》,即巽也。

世传潘阆《安鸿渐八才子图》,皆策蹇重戴。又禹偁《赠崔遵庆及第》诗云:"且留重戴士风多。"则国初举子,犹重戴矣。

天圣以前,乌帻惟用光纱;自后始用南纱,迨今六十年,复稍稍用光纱矣。

世传陈执中作相,有婿求差遣,执中曰:"官职是国家的,非卧房笼箧中物,婿安得之?"竟不与。故仁宗朝谏官累言执中不学无术,非宰相器,而仁宗注意愈坚。其后谏官面论其非,曰:"陛下所以眷执中不替者,得非以执中尝于先朝乞立陛下为太子耶?且先帝止二子,而周王已薨,立嗣非陛下而谁?执中何足贵!"仁宗曰:"非为是,但执中不欺朕耳。"然则人臣事主,宜以不欺为先。

执中好阅人,而解宾王最受知。初为登州黄县令,素不相识,执中一见,即大用,敕举京官。及后作相,又荐馆职,宾王仕至工部侍郎,致政。家雄富,诸子皆京秩。年七十余,卒。宾王为人方颐大口,敦庞重厚,左足下有黑子,甚明大。

冯瀛王道诗虽浅近,而多谙理。若"但知行好事,莫要问前程"、"须知海岳归明主,未省乾坤陷吉人"之类,世虽盛传,而罕见其全篇,今并录之。诗曰:"穷达皆由命,何劳发叹声?但知行好事,莫要问前程。冬去冰须泮,春来草自生。请君观此理,天道甚分明。"又《偶作》云:"莫为危时便怆神,前程往往有期因。须知海岳归明主,未省乾坤陷吉人。道德几时曾去世,舟车何处不通津?但教方寸无诸恶,狼虎丛中也立身。"

世讥道依阿诡随,事四朝十一帝,不能死节。而余尝采道所言与其所行,参相考质,则道未尝依阿诡随。其所以免于乱世,盖天幸耳。石晋之末,与虏结衅,惧无敢奉使者。宰相选人,道即批奏:"臣道自去。"举朝失色,皆以谓堕于虎口,而道竟生还。又彭门卒以道为卖己,欲兵之,湘阴公曰:"不干此老子事。"中亦获免。初郭威遣道迓湘阴,道语威曰:"不知此事由中否,道平生不曾妄语,莫遣道为妄语人。"及周世宗欲收河东,自谓此行若太山压卵,道曰:"不知陛下作得山否?"凡此,皆推诚任直、委命而行,即未尝有所顾避依阿也。又虏主尝问道:"万姓纷纷,何人救得?"而道发一言以对,不啻活生灵百万。盖俗人徒见道之迹,不知道之心;道迹浊心清,岂世俗所知耶!余尝与富文忠公论道之为人,文忠曰:"此孟子所谓大人也。"

张文定公齐贤,洛阳人。少时家贫,父死无以葬,有河南县史某甲为办棺敛。公深德之,遂展兄事,虽贵不替。后赵普密荐齐贤于太宗,太宗未用,普具列前事,以为"陛下若擢齐贤,则齐贤他日感恩过于此。"太宗大悦,未几,擢齐贤为相。

齐贤相太宗、真宗,皆以亮直重厚称。及晚娶薛氏妇,真宗不悦。一旦元会上寿,齐贤已微醺,进止失容。坐是谪安州,其麻曰:"仍复酗酒杯觞,欹倾冠弁。"盖为是也。

齐贤常作诗自警,兼遗子孙。虽词语质朴,而事理切当,足为规戒。其曰:"慎言浑不畏,忍事又何妨。国法须遵守,人非莫举扬。无私仍克己,直道更和光。此个如端的,天应降吉祥。"余尝广其意,就每句一篇,命曰《八咏警戒诗》。其一云:"慎言浑不畏,言出患常随。须信机枢发,难容驷马追。三缄事可见,两舌业当知。口是起羞本,愿君且再思。"其二云:"忍事有何妨,勿令心火扬。火扬犹可灭,心忿固多伤。堪叹波罗蜜,可怜歌利王。从心更从刃,字意好端详。"其三云:"国法须遵守,金科尽诏条。一毫如有犯,三尺不相饶。岂肯容奸黠,何须恃贵骄。自然逢吉庆,神理亦昭昭。"其四云:"人非莫举扬,万事且包荒。殿上便犹掩,车中吐不妨。在他诚所短,于己有何长?须是常规检,回头自忖量。"其五云:"无私仍克己,克己又无私。一事兼修饰,终身在省思。公清多敛怨,高亢易招危。更切循卑退,方应履坦夷。"其六云:"直道更和光,双修誉乃彰。直须和辅助,和赖直交相。恃直终多忤,偏和又少刚。能和又能直,行己自芬芳。"其七云:"此个如端的,除非六句修。永为几杖诚,更遗子孙谋。本立方生道,农勤乃有秋。兹诗虽浅近,至理可推求。"其八云:"天应降吉祥,天理本茫茫。舒惨虽无定，荣枯却有常。益谦尤效验，福善更昭彰。笼络无疏漏，恢恢网四张。”

皇祐、嘉祐中，未有谒禁，士人多驰骛请托，而法官尤甚。有一人号“望火马”，又一人号“日游神”，盖以其日有奔趋，闻风即至，未尝暂息故也。

李侍郎仲容，涛相之后。吉德恬退，不与物校，时人目为“李佛子”。享年七十，腊月八日无疾而逝。观文丁公度为撰墓志，叙其为人曰：“天禧中士风奔竞，公在文馆淡然自守。同列中负人伦之鉴者曰：‘李公他日名位显、年寿高，我辈俱不及。’迄今皆验。”

太祖庙讳匡胤，语讹近“香印”，故今世卖香印者不敢斥呼，鸣罗而已。仁宗庙讳祯，语讹近“蒸”，今内庭上下皆呼蒸饼为炊饼，亦此类。

钱武肃王讳镠，至今吴越间谓石榴为金樱，刘家、留家为金家、田家，留住为驻住。又杨行密据江淮，至今民间犹谓蜜为蜂糖；滁人犹谓荇溪为菱溪，则俗语承讳，久未能顿易故也。

刘温叟父名岳，终身不听乐，不游嵩华。每赴内宴闻钧奏，回则号泣移时，曰：“若非君命，则不至于是。”此与唐李贺父名晋肃，贺不敢举进士事颇相类。

杜祁公衍常言，父母之名，耳可得闻，口不可得言，则所讳在我而已，他人何预焉。故公帅并州，视事未三日，孔目吏请公家讳，公曰：“下官无所讳，惟讳取枉法赃。”吏悚而退。

公酷嗜吟咏，致政后作《林下书怀》诗曰：“从政区区到白头，一生宁肯顾恩仇？双凫乘雁常深愧野马黄羊亦过忧。岂是林泉堪佚老，只缘蒲柳不禁秋。始终幸会承平日，乐圣唯能击壤讴。”然余不见“野马黄羊”事，后读唐《张说传》，乃见之，则所谓“吾肉非黄羊，必不畏吃；血非野马，必不畏刺”是已。

余皇祐壬辰岁取国学解，试《律设大法赋》，得第一名。枢密邵公亢、翰林贾公黯、密直蔡公杭、修注江公休复为考官，内江公尤见知，语余曰：“满场程试皆使萧何，惟足下使‘萧规’对‘汉约’，足见其追琢细腻。又所问《春秋》策，对答详备。及赋押秋荼之密，用唐宗赦受缣事,诸君皆不见云,只有秦法繁于秋荼,密于凝脂。然则君何出?"余避席敛衽,自陈远方寒士,一旦程文,误中甄采。因对曰:"《文选·策秀才文》有'解秋荼之密网'。唐宗赦受缣事,出杜佑《通典》,《唐书》即入载。"公大喜,又曰:"满场使次骨,皆作'刺骨'对'凝脂'。惟足下用《杜周传》作'次骨',又对'吹毛'。只这亦堪作解元。"余再三逊谢。是举登科,名在行间,授临汀狱掾。公作诗送余曰:"太学鲁诸生,南州汉掾卿。故乡千里外,丹桂一枝荣。莫叹科名屈,难将力命争。他年重射策,词句太纵横。"盖公欲激余应大科故也。枢密邵公亦蒙屡加论荐,常谓余诗浅切,有似白乐天。一日阅相国寺书肆,得冯瀛王诗一帙而归,以语之。公曰:"子诗格似白乐天,今又爱冯瀛王,将来捻取个豁达李老。"庆历中,京师有民自号"豁达李老",每好吟诗,而词多鄙俚,故公以戏之。遂皆大笑。然余赋才鄙拙,不能强为豪爽,今齿已老,而诗格定。时时遣兴,实有李老之风,足见公之知言也。熙宁中,余辟定武,管勾机宜文字。公时牧郓州,附所作诗一大轴,并寄余诗曰:"流年直是隙中驹,别后情怀懒似疏。天上又颁新岁历,床头未答故人书。殷勤鱼雁功曹檄,狼籍杯盘上客鱼。好在仲宣家万里,从军苦乐定何如?"未几公即捐馆,迄今追念知己,每增感怆。

卷三

真宗听政之暇,唯务观书。每观毕一书,即有篇咏,使近臣赓和,故有御制《看尚书诗》三章、《看周礼》三章、《看毛诗》三章、《看礼记》三章、《看孝经》三章。复有御制《读史记》三章、《读前汉书》三首、《读后汉书》三首、《读三国志》三首、《读晋书》三首、《读宋书》二首、《读陈书》二首、《读魏书》三首、《读北齐》二首、《读后周书》三首、《读隋书》三首、《读唐书》三首、《读五代梁史》三首、《读五代后唐史》三首、《读五代晋史》二首、《读五代汉史》二首、《读五代周史》二首,可谓近代好文之主也。

前世有翰林学士,本朝咸平中复置翰林侍读学士,以杨徽之、夏侯峤、吕文仲为之;又置翰林侍讲学士,以邢昺为之,则翰林侍读与侍讲学士自杨徽之、邢昺等始也。

景德中,上欲优宠王钦若,乃特置资政殿学士以处之。既而有司定议班在翰林学士下,寻又置资政殿大学士,亦以钦若为之,而班在翰林承旨之上,则资政殿学士与大学士皆自王钦若始也。

后唐明宗不知书,每四方章奏,止令枢密使安重诲读之,而重诲亦不晓文义。宰相孔循请置端明殿学士二员,班在翰林学士上,以冯道、赵凤为之。则端明学士自冯道、赵凤始也。国初亦尝置此职,而班在翰林学士之下,寻改。逮明道初,复改承明殿为端明,再置端明殿学士,而班在资政殿学士下,以宋绶为之,则本朝端明殿学士自宋绶始也。

本朝太宗御书及典籍、图画、宝瑞之物,并藏于龙图阁,而阁有学士、直学士、待制、直阁。故景德初杜镐、戚纶为龙图阁待制,不数年镐迁龙图阁直学士,班在枢密直学士下。至祥符中,镐又迁龙图阁学士,而班在枢密直学士上,则本朝龙图阁待制、龙图阁直学士、龙图阁学士,皆自杜镐始也。又祥符末年,以崇文院检讨冯元为太子中允、直龙图阁,则本朝直龙图阁,自冯元始也。

本朝真宗御集、御书，并藏于天章阁。天圣末始置待制，以范讽为之。景祐中又置侍讲，以贾昌朝、赵希言、王宗道为之，则本朝天章阁待制、天章阁侍讲，自范讽、贾昌朝等始也。

梁祖都汴，庶事草创。正明中始于今右长庆门东北，创小屋数十间为三馆，湫隘尤甚。又周庐徼道咸出其间，卫士驺卒朝夕喧杂，每受诏撰述，皆移他所。至太平兴国中，车驾临幸，顾左右曰："若此卑陋，何以行天下贤俊？"即日诏有司规度左昇龙门东北东府地为三馆，命内臣督役晨夜兼作，不日而成。寻下诏赐名崇文院，以东廊为昭文馆书库，南廊为集贤院书库，西廊以经、史、子、集四部为史馆库，凡六库书籍正副本八万卷，斯亦盛矣。

昭文馆本前世弘文馆，建隆中以其犯宣祖庙讳改焉。至淳化初，以吕祐之、赵昂、安德裕、句中正并直昭文馆，则本朝昭文馆自吕祐之等始也。

集贤有直院，有校理。端拱初以李宗谔为集贤校理，淳化初以和嵘为直集贤院，则本朝直集贤校理自和嵘、李宗谔始也。史馆有直馆，有修撰，有编修，有校勘，有检讨。太平兴国中，赵邻几、吕蒙正皆为直史馆、掌修撰，而杨文举为史馆编修。是时修撰未列于职，至至道中，始以李若拙为史馆修撰。雍熙中，以宋湜为史馆校勘。淳化中，以郭延泽、董元亨为史馆检讨，则本朝直史馆、修撰、史馆编修、史馆校勘、史馆检讨，自赵邻几、吕蒙正、李若拙、杨文举、宋湜、郭延泽、董元亨等始也。本朝三馆之外，复有秘阁图书，故秘阁置直阁，又置校理。咸平中，以杜镐为秘阁校理，后充直秘阁，则本朝直秘阁、秘阁校理皆自杜镐始也。

岭南风俗，相呼不以行第，唯以各人所生男女小名呼其父母。元丰中余任大理丞，断宾州奏案，有民韦超，男名首，即呼韦超作"父首"；韦遨男名满，即呼韦遨作"父满"；韦全女名插娘，即呼韦全作"父插"；韦庶女名睡娘，即呼庶作"父睡"，妻作"婶睡"。

韩退之《罗池庙碑》言"步有新船"，或以"步"为"涉"，误也。盖岭南谓水津为步，言步之所及，故有罾步，即渔者施罾者；有船步，即人渡船处。然今亦谓之步，故扬州有瓜步，洪州有观步，闽中谓水涯为溪步。

岭南谓村市为虚,柳子厚《童区寄传》云:"之虚所卖之。"又诗云:"青箬裹盐归峒客,绿荷包饭趁虚人。"即此也。盖市之所在,有人则满,无人则虚,而岭南村市满时少,虚时多,谓之为虚,不亦宜乎?

又蜀有痎市,而间日一集,如痎疟之一发,则其俗又以冷热发歇为市喻。

《史记》称四夷各异卜,《汉书》称粤人以鸡卜,信有之矣。元丰中,余任大理丞,断岭南奏案,韦庶为人所杀,疑尸在潭中,求而弗获。庶妻何以铛就岸爨煮鸡子卜之,咒云:"侬来在个泽里,他来在别处。"少顷鸡子熟,剖视得侬。韦全曰:"鸡卵得侬,尸在潭里。"果得之。然不知所谓得侬者,其兆如何也。又有鸟卜,东女国以十一月为正,至十月,令巫者赍酒肴诣山中,散糟麦于空,大咒呼鸟。俄顷,有鸟如雉,飞入巫者怀中。即剖其腹,视之有一谷米,岁必登;若有霜雪,则多异灾。又或击一丸,或打杨枝,或枸听旁人之语,亦可以卜吉凶。盖诚之所感,触物皆通,不必专用龟策也。

乡人危序应举探省榜,出门数步即逢泥泞,踌蹰未前。有老妪指示曰:"秀才可低处过。"危即从之。比看榜,最末有名,是岁果及第。此与《摭言》所载后来者必衔得事颇相类。

原武郑公戬天圣中举进士,尝与同辈赌彩选,一坐尽负,独戬赢数百缗。是岁第三人及第。

乡人上官极累举不第,年及五十方得解赴省试,游相国寺,买诗一册,纸已熏晦。归视其表,乃五代时门状一幅,曰:"敕赐进士及第,马极右极,伏蒙礼部放榜,敕赐及第,谨诣。"

李文定公迪美须髯,未御试,一夕忽梦被人剃削俱尽,迪亦恶之。有解者曰:"秀才须作状元。缘今岁省元是刘滋,已替滋矣,非状元而何?"是岁果第一人。

相国刘公沆累举不第,天圣中将办装赴省试,一夕梦被人砍落头,心甚恶之。有乡人为解释曰:"状元不到十二郎做,只得第二人。"刘公因诘之,曰:"虽砍却头,留沆在里。"盖南音谓项为沆,留、刘同音。后果第二人及第。

马尚书亮知江宁府,秩满将代,一夕梦舌上生毛。有僧解之曰:"舌上生毛剃不得,尚书当再任。"已而果然。

刘郎中滋累举不第,年余四十始遂登科。尝梦有人提印满篮,令己吞之,滋有难色。其人曰:"但任意吞,看得几颗。"滋不得已,吞至十四颗,其印皆颗颗见于腹中。后果历十四任终。

韩魏公应举时,梦打球一捧盂八。时魏公年仅弱冠,一上登科,则一捧盂八之应也。

孙枢密抃旧名贯,应举时尝梦至官府,潭潭深远,寂若无人。大厅上有抄录人名一卷,意以为榜,遍览无名,偶睹第二名下有空白处,抃欲填之。空中人语曰:"无孙贯,有孙抃。"梦中即填孙抃。是岁果第三名。

于咸序应举时,梦唱名有龙起、骆起二人。已过,续有一龙蜿蜒腾上,又有一骆驼继之,不知其然。比唱名,有龙起、骆起二人在其后。

乡人龚国隆应举时,梦行道上,步步俯拾黑豆一掬,不知其然。是岁乡荐,乃伯父郎中纪恤其乏路费,以驿券赠之。遂沿路勘请,以抵京师,步步掬黑豆之应也。然此微薄而国隆已兆于梦,则其人赋分可知。后国隆竟老场屋,不沾一命。

乡人朱熙邻景祐中举进士,梦造棺缺板而弗成。是岁止过堂不及第,晚遇推恩长史出身,棺不全之应也。

卷四

荀子曰："相形不如论心。"谚曰："有心无相，相逐心生；有相无心，相随心灭。"此言人以心相为上也，故心相有三十六善。夫人尝言意气求官，自须如此，一也。为事有刚有柔，二也。慕善近君子，三也。有美食常分惠人，四也。不近小人，五也。常行阴德，每事方便，六也。从小能家，七也。不厌人乞觅，八也。利人克己，九也。不遂恶贪杀，十也。闻事不惊张，十一也。与人期不失信，十二也。不易行改操，十三也。夜卧不便睡着，十四也。马上不回头顾，十五也。夜不令人生憎怒，十六也。不文过饰非，十七也。为人作事周匝，十八也。得人恩力不忘，十九也。自小便有大量，二十也。不毁善害恶，二十一也。怜孤济寡急物，二十二也。不助强欺弱，二十三也。不忘故旧之分，二十四也。为事众人用之，二十五也。不多言妄语，二十六也。得人物每生惭愧，二十七也。声美音有序，二十八也。当人语次不先起，二十九也。常言人善事，三十也。不嫌恶衣恶食，三十一也。方圆曲直随时，三十二也。闻善行之不倦，三十三也。知人饥渴劳苦，常有以恤之，三十四也。不念旧恶，三十五也。故旧有难，竭力救之，三十六也。已上三十六善皆全者，当位极人臣，寿考令终。或有不全，则祸福相折，以次灭杀。具二十者，刺史之位；具十以上，令佐之官；具五六者，亦须大富。

人之心相外见于目，孟子曰："知人者莫良于眸子。胸中正则眸子瞭然，胸中不正则眸子眊然。"此其大概也。而其间善恶又更多端，凡眣眴^{上音茂，下音呼九切}。唊嗫者，嫉妒人也。盱睢睖^{丁结切}。眲^{火彼切}者，恶性人也。矇瞳^{呼间切}。睨^{他郎切}。晃者，憨^{呼占切}。人也。眨^{丁念切}。瞵^{謦谦切}眠瞍^{时斤切}。者，淫乱人也。睢盱睒^{音闪}烁者，邪人也。弥词^{俚人言也}。眒瞪者，奸诈人也。应檄拗瞅^{故巧切}。者，崛强人也。羊目眨^{乌江切}。瞳者，毒害人也。睛色杂而光浮浅者，心不定、无信人也。睛色光彩溢出者，聪明人也。睛色紫黑而光彩端谛者，好隐遁人也。

睛色黄瞻视端直者,慕道术人也。睛多光而不溢不散、彻而瞻视端直者,慕道术人也。睛急眨俱夫切。者若不嫉妒,即虚妄人也。

又商臣、王敦蜂目,王莽露眼赤睛,梁冀洞睛睒晲,则恶逆之相亦见于目。余昔年尝任汀州掌狱录,见杀母黄曾,其目睛黄小而光跌,宛若蜂状,则蜂目之恶逆尤验也。

昔人谓官至三品,不读相书,自识贵人,以其阅多故也。本朝臣公吕文靖、夏文庄、杨大年、马尚书,皆有人伦之鉴。故其赏罚未尝妄谬,而任使之际亦多成功。李勣曰:"无福之人,不可与共事。"斯言信矣。

夏文庄公谪守黄州时,庞颖公为郡掾,文庄识之,异礼优待。而庞尝有疾,以为不起,遂属文庄后事。文庄亲临之,曰:"异日当为贫宰相,亦有年寿,疾非其所忧。"庞诘之曰:"已为宰相,岂得贫耶?"文庄曰:"但于一等人中为贫耳。"故庞公晚年退老,作诗述其事曰:"田园贫宰相,图史富书生。"为是故也。又文庄守安州,宋莒公兄弟尚皆布衣,文庄亦异待,命作《落花诗》,莒公一联曰:"汉皋珮冷临江失,金谷楼危到地香。"子京一联曰:"将飞更作回风舞,已落犹成半面妆。"是岁诏下,兄弟将应举,文庄曰:"咏落花而不言落,大宋君当状元及第;又风骨秀重,异日作宰相。小宋君非所及,然亦须登严近。"后皆如其言。故文庄在河阳,莒公登庸,以别纸贺曰:"所喜者,昔年安陆已识台光。"盖为是也。

又枢密孙公固亦小官时曾谒文庄,文庄许他日当践枢幄,今亦验焉。

杨公大年尤负藻鉴,在翰林日与章郇公共事,尝言郇公异日必作相,己所不及。又见著作佐郎张士逊,知其有宰器,即荐之,由此大拜。又乡人吴待问尝从公学,公语其徒曰:"汝辈勿轻小吴,小吴异日须登八座,亦有年寿。"后皆如其言。待问即春卿、冲卿父也。

马尚书亮知庐州,见翰林王公洙为小官,马公曰:"子全似宋白,异日官至八座。"由此异待。通判疾之,后罗织王公,遂以罪免,乃曰:"你这回更做宋尚书。"其后王公竟登近侍,及卒,赠尚书。

余尝谓风鉴一事，乃昔贤甄识人物拔擢贤才之所急，非市井卜相之流用以贾鬻取赀者。故《春秋》单襄公、成肃公之徒，每遇会同，则先观威仪以省祸福，而前世郭林宗、裴行俭又考器识以言臧否。然余亦粗知大概，常与富文忠公论之。文公曰："观子之论，多取丰厚，是则屠儿怀饪师皆贵矣。"余复思之，大凡相之所先，全在神气与心术，更或丰厚，其福十全。《国语》曰："今王远角犀丰盈，而比顽童穷固。"则丰盈固贤哲相也。

大尉程公戡侍郎掌公禹锡俱以庚寅三月十日生，程子时，掌午时，二公同年及第。程作枢密副使，晚年帅延安建节；而掌以工部侍郎致仕，位不逮于程。而二公享寿修短不差，程以治平三年二月薨，掌以其年三月捐馆。

翰林王公洙、修撰钱公延年俱以丁酉八月丑时生，王十九日，钱二十日。钱以嘉祐六年六月卒，时王公已病。或谓王公起于寒素，早岁蹇剥，庶可以免灾。侍郎掌公曰："钱虽少年荣进，晚即滞留；王虽早岁奇蹇，晚即迁擢。长短比折，祸福适均。"王公竟不起。

梁少卿吉府、宋郎中咸俱乙未八月二日生，梁申时，宋巳时。梁二十八已为太子中书舍、通判饶州，而宋犹未第，客游鄱阳。有日者妙于星术，宋往叩之。日者曰："秀才命似本州通判，他日官职亦相类，寿则过之。"后皆如其言。王端明素、卢太尉政俱以丁未八月二十四日辰时生，而王出于贵胄，卢起于军伍。王卒于边藩，卢薨于殿帅，事皆略同，亦可怪也。但卢之寿考有过于王，得非以少年微贱耶？张尚书方平、李给事徽之、王秘监端俱以丁未九月二十三日生，张酉时，李卯时，王戌时，迄今皆致政，康强。

刘忱过鸣犊镇，见所由张秀，问其年甲，与忱同辛酉八月二十四日生，刘午时，秀巳时。后秀陕西效用有功，累官至团练使卒。卒之年，忱任利路运使，因出巡乘轿扑落崖，亦几于死。

龙图刘公烨未第前，娶赵尚书晃之长女，早亡，而赵氏犹有二妹，皆未适人。既而刘公登科，晃已捐馆，夫人复欲妻之，使媒妇通意。刘公曰："若是武有之德，则不敢为姻；如言禹别之州，则庶可从命。"盖刘公不欲七姨为匹，意欲九姨议姻故也。夫人诘之曰："谚云'薄饼从上揭',刘郎才及第,岂得便简点人家女?"刘公曰:"非敢有择。但七姨骨相寒薄,非某之对,九姨乃宜匹。"遂娶九姨,后生七子,皆至大官。七姨后适关生,竟不第,落泊寒馁,暮年刘氏养之终身。

卷五

《小说》载卢樵貌陋，尝以文章谒韦宙，韦氏子弟多肆轻侮。宙语之曰："卢虽人物不扬，然观其文章有首尾，异日必贵。"后竟如其言。本朝夏英公亦尝以文章谒盛文肃，文肃曰："子文章有馆阁气，异日必显。"后亦如其言。然余尝究之，文章虽皆出于心术，而实有两等：有山林草野之文，有朝廷台阁之文。山林草野之文，则其气枯槁憔悴，乃道不得行，著书立言者之所尚也。朝廷台阁之文，则其气温润丰缛，乃得位于时，演纶视草者之所尚也。故本朝杨大年、宋宣献、宋莒公、胡武平所撰制诏，皆婉美淳厚，过于前世燕、许、韦、杨远甚，而其为人，亦各类其文章。王安国常语余曰："文章格调，须是官样。"岂安国言官样，亦谓有馆阁气耶？又今世乐艺，亦有两般格调：若朝庙供应，则忌粗野嘲哳；至于村歌社舞，则又喜焉。兹亦与文章相类。晏元献公虽起田里，而文章富贵，出于天然。尝览李庆孙《富贵曲》云："轴装曲谱金书字，树记花名玉篆牌。"公曰："此乃乞儿相，未尝谙富贵者。"故公每吟咏富贵，不言金玉锦绣，而唯说其气象，若"楼台侧畔杨花过，帘幕中间燕子飞"、"梨花院落溶溶月，柳絮池塘淡淡风"之类是也。故公自以此句语人曰："穷儿家有这景致也无？"

公风骨清羸，不喜肉食，尤嫌肥膻。每读韦应物诗，爱之曰："全没些脂腻气。"故公于文章尤负赏识，集梁《文选》以后迄于唐别为《集选》五卷，而诗之选尤精，凡格调猥俗而脂腻者皆不载也。公之佳句，宋莒公皆题于斋壁，若"无可奈何花落去，似曾相识燕归来"、"静寻啄木藏身处，闲见游丝到地时"、"楼台冷落收灯夜，门巷萧条扫雪天"、"已定复摇春水色，似红如白野棠花"之类，莒公常谓此数联使后之诗人无复措词也。

杨文公为执政所忌，母病，谒告，不俟朝旨，径归韩城，与弟倚居，逾年不调。公有启谢朝中亲友曰："介推母子，愿归绵上之田；伯夷弟兄，甘受首阳之饿。"后除知汝州，而希旨言事者攻击不已，公又有启与亲友曰："已挤沟壑，犹下石而弗休；方困蒺藜，尚关弓而相射。"

范文正公幼孤，随母适朱氏，因冒朱姓，名说。后复本姓，以启谢时宰曰："志在投秦，入境遂称于张禄；名非霸越，乘舟乃效于陶朱。"以范雎、范蠡亦尝改姓名故也。又伪蜀翰林学士范禹偁亦尝冒张姓，谢启云："昔年上第，误标张禄之名；今日故园，复作范雎之裔。"然不若文正公之精切。

胡武平尝奉敕撰《温成皇后哀册文》，受旨，以温成尝因禁卒窃发，捍卫有功，而秉笔者不能文其实。公乃用西汉马何罗触瑟、冯媛当熊二事以状其意，曰："在昔禁闱，谁何弛卫？触瑟方警，当熊已厉。"览者无不叹服。

夏文庄公竦幼负才藻，超迈不群。时年十二，有试公以《放宫人赋》者，公援笔立成，文不加点。其略曰："降凤诏于丹陛，出蛾眉于六宫。夜雨未回，俨鬌云于帘户；秋风渐晓，失钗燕于房栊。"又曰："莫不喜极如梦，心摇若惊，踟蹰而玉趾无力，昈睐而横波渐倾。鸾鉴重开，已有归鸿之势；凤笙将罢，皆为别鹤之声。于时银箭初残，琼宫乍晓，星眸争别于天仗，莲脸竞辞于庭沼。行分而掖路深沉，步缓而四廊缭绕。嫦娥偷药，几年而不出蟾宫；辽鹤思家，一旦而却归华表。"

公举制科，庭对策罢，方出殿门，遇杨徽之，见其年少，遽与语曰："老夫他则不知，唯喜吟咏，愿丐贤良一篇，以卜他日之志，不识可否？"公援笔欣然曰："殿上衮衣明日月，砚中旌影动龙蛇。纵横礼乐三千字，独对丹墀日未斜。"杨公叹服数四，曰："真将相器也。"

景德中，夏公初授馆职。时方早秋，上夕宴后庭，酒酣，遽命中使诣公索新词。公问："上在甚处？"中使曰："在拱宸殿按舞。"公即抒思，立进《喜迁莺》词曰："霞散绮，月沉钩。帘卷未央楼，夜凉河汉截天流，宫阙锁新秋。　　瑶阶曙，金茎露。凤髓香和云雾。三千珠翠拥宸游，水殿按《梁州》。"中使入奏，上大悦。夏公虽举进士，本无科名。以父殁王事，授润州丹阳簿，即上书乞应制举，其略曰："边障多故，羽书旁午，而先臣供传遽之职，立矢石之地，忘家殉国，失身行阵。陛下哀臣孤幼，任之州县，唯陛下辨而明之。若陛下以枕石漱流为达，臣世居市井；若陛下以金榜丹桂为才，则臣未忝科第；若陛下以鸠杖鲐背为德，则臣始逾弱冠；若陛下以荷戈控弦为勇，则臣生本绵弱；若陛下令臣待诏公车、条问政治、对扬紫宸、指陈时事，犹可与汉唐诸儒方辔并驱，而较其先后矣。"真庙再三赏激，召赴中书，试论六首：一曰《定四时别九州圣功孰大论》，二曰《考定明堂制度论》，三曰《光武二十八将功业先后论》，四曰《九功九法为国何先论》，五曰《舜无为禹勤事功业孰优论》，六曰《曾参何以不列四科论》。是岁遂中制科。

淮阴侯庙题者甚多，惟谏议钱公昆最为绝唱，曰："筑坛拜日恩虽厚，蹑足封时虑已深。隆准早知同鸟喙，将军应起五湖心。"

徐州歌风台题者甚多，惟尚书张公方平最为绝唱，曰："落魄刘郎作帝归，樽前一曲《大风》辞。才如信越犹菹醢，安用思他猛士为？"

临潼县华清宫朝元阁题者亦多，唯陈文惠公二韵尤为绝唱，曰："朝元高阁迥，秋毫无隐情。浮云忽以蔽，不见渔阳城。"

苏为酷嗜吟咏，知湖州日有诗数十首，惟一篇足为绝唱，曰："野艇闲撑处，湖天景亦微。春波无限绿，白鸟自南飞。柳色浓垂岸，山光冷照衣。时携一壶酒，恋到晚凉归。"在宣城亦有诗十首，皆以宣城为目，内《宣城花》一首尤为清丽，曰："宣城花叠嶂，楼前簇绮霞。若非翠露陶潜柳，即是红藏小谢家。"又常知邵武军，亦有小诗十首。唯一篇最善，曰："爱重八九月，登高上下楼。树红云白处，寒濑泊渔舟。"

唐路德延有《孩儿》诗五十韵，盛传于世。近代洛中致政侍郎张公师锡追次其韵，和成《老儿》诗，亦五十韵，今录之曰："鬓发尽幡然，眉分白雪鲜。周遮延客话，伛偻抱孙怜。无病常供粥，非寒亦衣绵，假温推拥背，借力仗搘肩。貌比三峰客，年过四皓仙。唤方离枕上，扶始到门前。每爱烹山茗，常嫌钉石莲。耳聋如塞纩，眼暗似笼烟。宴坐赢凭几，乘骑困弹鞭。头摇如转旋，唇动若抽牵。骨冷愁离火，牙疼怯漱泉。形骸将就木，囊橐尚贪钱。胶睫干眵缀，粘髭冷涕悬。披裘腰懒系，濯手袖慵揎。抬举衣频换，扶持药屡煎。坐多茵易破，行少履难穿。喜婢裁裙布，嗔妻买粉钿。房教深下幕，床遣厚铺毡。琴听怜三乐，图张笑七贤。看嫌经字小，敲喜磬声圆。食罢羹流袂，杯余酒带涎。乐来须遣罢，医到久相延。裹帽纵横掠，梳头取次缠。

长吁思往事，多感听哀弦。气注腰还重，风牵口便偏。墓松先遣种，志石预教镌。客到惟求药，僧来忽问禅。养茶悬灶壁，晒艾曝檐椽。怒仆空睁眼，嗔儿谩握拳。心惊嫌蹴踘，脚软怕秋千。局缩同寒狖，摧隤似饱鸢。观瞻多目眩，牵动即头旋。女嫁求红烛，男婚乞彩笺。已闻颁几杖，宁更佩韦弦。宾客身非与，儿孙事已传。养和屏作伴，如意拂相连。久弃登山屐，惟存负郭田。呻吟朝不乐，展转夜无眠。呼稚临床畔，看书就枕边。冷疑怀贮水，虚讶耳闻蝉。束帛非无分，安车信有缘。伏生甘坐末，绛老让行先。拘急将风夜，昏沉欲雨天。鸡皮尘渐渍，龊齿食频填。每忆居郎署，常思钓渭川。喜逢迎佛会，羞赴赏花筵。径狭容移槛，阶危索减砖。好生焚鸟网，恶杀拆渔船。既感桑榆日，常嗟蒲柳年。长思当弱冠，悔不剩狂颠。"

师锡年八十余卒，又有《喜子及第》诗曰："御榜今朝至，见名心始安。尔能俱中第，吾遂可休官。贺客留连饮，家书反覆看。世科谁不继，得慰二亲难。"盖张尝有中魁甲者，故得有"世科"之语。

李昉、吕端同践文馆，后各登台辅。吕公《赠李公》诗曰："忆昔儌居明德坊，官资俱是校书郎。青衫共直昭文馆，白首同登政事堂。佐国庙谟君已展，避贤荣路我犹妨。主恩至重何时报，老眼相看泪两行。"

向敏中、寇准同以太平兴国五年登科，后向秉钧，寇以使相知永兴军。向作绝句赠寇，寇酬之曰："玉殿登科四十年，当时僚友尽英贤。岁寒惟有君兼我，白首犹持将相权。"

卷六

王禹偁老精四六，有同时与之在翰林而大拜者，王以启贺之曰："三神山上，曾陪鹤驾之游；六学士中，独有渔翁之叹。"以白乐天尝有诗云"元和六学士，五相一渔翁"故也。

禹偁诗多记实中的，作《赵普挽词》云："玄象中台折，皇家上相薨。大功铭玉铉，密事在《金縢》。"《宋湜挽词》曰："先帝升遐日，词臣寓直时。枢前言顾命，笔下定鸿基。"盖普尝密赞太宗，而宋为内相宿直，遇太宗升遐，是夜草遗制立真宗故也。云此事湜家亦不知，唯以公挽词为传信。

刘昌言，泉州人。先仕陈洪进为幕客，归朝愿补校官。举进士，三上始中第，后判审官院，未百日，为枢密副使。时有言其太骤者，太宗不听。言者不已，乃谓："昌言闽人，语颇獠，恐奏对间陛下难会。"太宗怒曰："我自会得。"其眷如此。然昌言极有才思，当下第作诗，落句云："唯有夜来蝴蝶梦，翩翩飞入刺桐花。"后为商丘主簿，王禹偁赠诗曰："年来复有事堪嗟，载笔商丘鬓欲华。酒好未陪红杏宴，诗狂多忆刺桐花。"盖为是也。刺桐花深红，每一枝数十蓓蕾，而叶颇大，类桐，故谓之刺桐。唯闽中有之。

昔王维爱孟浩然吟哦风度，则绘为图以玩之。李洞慕贾岛诗名，则铸为像以师之。近世有好事者，以潘阆遨游浙江咏潮著名，则亦以轻绡写其形容，谓之《潘阆咏潮图》。阆酷嗜吟咏，自号逍遥子，尝自咏《苦吟》诗曰："发任茎茎白，诗须字字清。"又《贫居》诗曰："长喜诗无病，不忧家更贫。"又《峡中闻猿》云："何须三叫绝，已恨一声多。"《哭高舍人》："生前是客曾投卷，死后何人与撰碑？"《寄张詠》云："莫嗟黑发从头白，终见黄河到底清。"皆佳句也。故宋尚书白赠诗曰："宋朝归圣主，潘阆是诗人。"王禹偁亦赠诗云："江城买药常将鹤，古寺看碑不下驴。"其为明公赏激如此。又魏野，陕府人，亦有诗名。寇莱公每加前席，野《献莱公生日》诗云："何时生上相，明日是中元。"以莱公七月十四日生故也。又有《赠莱公》诗云："有官居鼎鼐，无地起楼台。"而其诗传播漠北，故真宗末年尝有北使诣阙，询于译者曰："那个是'无地起楼台'的宰相？"时莱公方居散地，真宗即召还，授以北门管钥。

世传魏野尝从莱公游陕府僧舍，各有留题。后复同游，见莱公之诗已用碧纱笼护，而野诗独否，尘昏满壁。时有从行官妓颇慧黠，即以袂就拂之，野徐曰："若得常将红袖拂，也应胜似碧纱笼。"莱公大笑。

又钱塘林逋亦著高节，以诗名当世，名公多与之游。天圣中，丞相王公随以给事中知杭州，日与唱和，亲访其庐。见其颓陋，即为出俸钱新之。逋乃以启谢王公，其略曰："伏蒙府主给事差人送到留题唱和石一片，拜世轩荣，以庇风日。衡茅改色，猿鸟交惊。夫何至陋之穷居，获此不朽之奇事？窃念顷者清贤钜公，出镇藩服，亦常顾丘樊之侧微，念土木之衰病。不过一枉驾，一式庐而已，未有迂回玉趾，历览环堵。当缨緌之盛集，摅风雅之秘思。率以赓载，始成编轴。且复构他山之坚润，刊群言之鸿丽。珠联绮错，雕缛相照。萃植置立，贲于空林。信可以夺山水之清晖，发斗牛之宝气者矣。"迨景祐初，逋尚无恙。范文正公亦过其庐，赠逋诗曰："巢由不愿仕，尧舜岂遗人？"又曰："风俗因君厚，文章到老醇。"其激赏如此。

王公随雅嗜吟咏，有《宫词》云："一声啼鸟禁门静，满地落花春日长。"又《野步》云："桑斧刊春色，渔歌唱夕阳。"皆公应举时行卷所作也。

近世释子多务吟咏，唯国初赞宁独以著书立言尊崇儒术为佛事，故所著《驳董仲舒繁露》二篇、《难王充论衡》三篇、《证蔡邕独断》四篇、《斥颜师古正俗》七篇、《非史通》六篇、《答杂斥诸史》五篇、《折海潮论兼明录》二篇、《抑春秋无贤臣论》一篇，极为王禹偁所激赏。故王公《与赞宁书》曰："累日前蒙惠顾谀才，辱借通论，日殆三复，未详指归。徒观其涤《繁露》之瑕，劂《论衡》之玷，眼瞭《独断》之瞽，针砭《正俗》之疹，折子玄之邪说，泯米颖之巧言，逐光庭若摧枯，排孙郃似图蔓，使圣人之道无伤于明夷，儒家者流不至于迷复。然则师胡为而来哉？得非天祚素王，而假手于我师者欤？"

人臣作赋颂赞君德，忠爱之至也。故前世司马相如、吾丘寿王之徒，莫不如此。而本朝亦有焉，吕文靖公、贾魏公则尝献《东封颂》，夏文庄公则尝献《平边颂》、《广文颂》、《朝陵颂》、《广农颂》、《周伯星颂》、《大中祥符颂》、《灵宝真文颂》，庞颍公则尝献《肇禋庆成颂》，今元献晏公、宣献宋公遭遇承平，嘉瑞来还，所献赋颂尤为多焉。

王文穆公钦若，临江军人。母李氏，父仲华，尝侍祖郁任官鄂渚。而李氏有娠，就蓐之夕江水暴溢，将坏廨舍。亟迁于黄鹤楼始免身，生男即公也。时隔岸汉阳居人，遥望楼际若有光景气象云。又公昔岁行圃田道中，宿于村舍，夜起视天中有赤文成"紫微"二大字，光耀夺目。使蜀还褒城，路中有人展谒，熟视刺字，乃唐相裴度告公以默定之语，及言公他日当贵，兹亦异矣。后公每设坛礼神，必朱篆"紫微"二字，陈之醮所。又辍俸修晋公祠于圃田，作记以述其肹蚃云。

真宗封岱祠汾，虽则继述先志，昭答灵贶，中外臣民协谋同欲，然实由文穆之力赞焉。祠礼毕，章圣登太山顶，偕近臣周览前代碑刻。内一碑首云："朕钦若昊天。"真宗顾文穆笑曰："元来此事前定，只是朕与钦若。"与隋史万岁讨蛮入峒，遇碑云"万岁后遇此"颇相类。文穆不惟被章圣顾遇，至于明肃太后亦深眷焉。先是知邵武军吴植饷金于文穆，而误投沂公之第，沂公以闻，植坐追停。文穆以不知寝不问，故植之贬词曰："如何匪人，渎我元老。"此可见矣。

世传文穆遭遇章圣本由一言之寤，盖章圣践祚之初，天下宿逋数百万计，时文穆判三司理欠司，一日抗疏，请尽蠲放以惠民。上遽召诘之曰："此若惠民，曷为先帝不行？"公对曰："先帝所以不行者，欲以遗陛下，使结天下人心。"于是上蹙然额之。未几，命宰府召试《孝为德本颂》，授右正言、知制诰。不数年，遂大拜。

曹翰尝平江南有功，后归环卫，数年不调。一日内宴，太宗侍臣皆赋诗。翰以武人不预，乃自陈曰："臣少亦学诗，亦乞应诏。"太宗笑而许之，曰："卿武人，宜以刀字为韵。"翰援笔立进，因以寄意曰："三十年前学《六韬》，英名常得预时髦。曾因国难披金甲，不为家贫卖宝刀。臂健尚嫌弓力软，眼明犹识阵云高。庭前昨夜秋风起，羞睹盘花旧战袍。"太宗览之恻然,即自环卫骤迁数级。

柳崇仪开家雄于财,好交结,乐散施,而季父主家,多靳不与。时赵昌言方在布衣,旅游河朔,因以谒开。开屡请以钱乞赵,季父不与,开乃夜构火烧舍。季父大骇,即出钱三百缗乞赵,由此恣其所施,不复吝也。

盛文肃公正刚蹇绝,无他肠,而性微狷急。时为内相,孙抃方召试馆职,以文投之。文肃大怒曰:"投贽尽皆邪道,非公朝所尚。"呵责再三,孙惶恐失措而退。比试学士院,孙夙夕忧其摈落,文肃乃题所试卷为三等上,其公正如此。

闽人谓子为团,谓父为郎罢,故顾况有《哀团》一篇曰:"团生闽方,闽吏得之,乃绝其阳。为臧为获,致金满屋;为髡为钳,如视草木。天道无知,我罹其毒;神道无知,彼受其福。郎罢别团,吾悔生汝。及汝既生,人劝不举。不从人言,果获是苦。团别郎罢,心摧血下。隔地绝天,及至黄泉,不得在郎罢前。"盖唐世多取闽童为阉奴以进之,故况陈其苦以讽焉。

卷七

谣谶之语在《洪范》五行，谓之诗妖，言不从之罚，前世多有之，而近世亦有焉。昔徐温子知训在广陵，作红漆柄骨朵，选牙队百余人执以前导，谓之"朱蒜"。天祐末，广陵人竞服短裤，谓之"不及秋"。后十三年六月，知训为朱瑾所杀焉，则"朱蒜不及秋"之应也。

李昪先为徐温养子，冒徐姓，名知诰，为升州刺史。童谣曰："东海鲤鱼飞上天。"后竟即伪位。

李璟时，朝中大臣多蔬食，月为十斋。至明日，大官具晚膳始复常珍，谓之"半堂食"。其后周师至淮上，取濠、泗、扬、楚、泰五州，而璟又割献滁、和、庐、舒、蕲、黄六州，果去唐国土疆之半，则"半堂食"之应也。

王衍在蜀好私行，恐人识之，令民戴大帽，又令民戴危脑帽，狭小，俯首即坠。又衍朝永陵，自为尖巾，士民皆效之，皆服妖也。又每宴怡神亭，妓妾皆衣道衣，莲花冠，酒酣，免冠髻鬌为乐。因夹脸连额，渥以朱粉，号曰"醉妆"。此与梁冀、孙寿事颇相类。后衍又与母同祷青城山，宫人毕从，皆衣云霞画衣。衍自制《甘州词》，令宫人歌之，闻者凄怆。又衍造上清宫成，塑玄元皇帝及唐诸帝像，衍躬自荐享。城中士女游观阗咽，谓之"寻唐魂"。后国亡归唐，至秦川驿遇害。

衍在蜀时，童谣曰："我有一帖药，其名为阿魏，卖与十八子。"其后衍兄宗弼果卖国归唐，而宗弼乃王建养子，本姓魏氏，此其应也。

衍舅徐延琼造第新成，衍幸之。见其华丽，乃于厅壁大书一"孟"字，盖蜀人谓孟为弱，以戏之也。其后孟知祥入蜀，馆于其第，见之叹曰："此岂我之居乎！"遂据蜀而王，传位至子昶，国除。

昶未亡时，蜀人质钱取息者每将徙居，必榜其门曰"召主收赎"。盖周世宗累欲收蜀而不果，至我太祖乃收之，此其应也。

广南刘龑初开国，营构宫室得石谶，有古篆十六，其文曰："人人有一，山山值牛。兔丝吞骨，盖海承刘。"解者云："人人有一，大人也；山山，出也；值牛者，龚建汉国，岁在丑也；兔丝者，晟袭位，岁在卯也；吞骨者，灭诸弟也。越人以天水为赵为盖海，指皇朝国姓也；承刘者，言受刘氏降也。"又乾和中童谣曰："羊二四日天雨至。"解者以羊是未之神，是岁辛未二月四日国亡；天雨，犹天水，斥国姓。又曰大宝末有稻田自海中浮来，上鱼藻门外，民聚观之。布衣林楚材见而叹曰："水鱼湫湫兮。"当时好事或有记其语，洎王师至，潘美为部署，方悟为"潘"字。

光启中陈岩为福建观察使，童谣曰："潮水来，山严没。潮水去，矢口出。"其后王潮果代岩，而审知袭位，乃其应也。

时又有谣曰："骑马来，骑马去。"盖光启丙午国亡之应也。

王审知治城，城有钱文，恶之，命铲去，而其文愈明。又有谣曰："风吹杨叶鼓山下，不得钱来兵不罢。"后福州军校李仁福杀帅自立，而归款于金陵，既而又叛李璟，璟攻之。仁福又求救于钱塘，比钱塘兵至，而江南围解，获其将杨匡业，乃其应也。

唐末刘建峰定长沙，遣马殷领众浚城濠，得石碣有古篆十八，其文曰："龙举头，猕掉尾。羊为兄，猴作弟。羊归穴，猴离次。"解者以殷乾宁三年丙辰岁代立，乃龙举头也；至乾祐辛亥岁国亡，乃猕掉尾也；殷子希范以己未岁生，又以开运丁未岁薨，乃羊归穴也；又子希崇壬申岁生，后为江南所俘，乃猴离次也。

又马希振亦殷之子，清泰中卒。葬长沙之陶浦，掘得石碣，其文曰："乱石之坏，绝世之冈。谷变庚戌，马氏无王。"盖马氏诸王雄于周，广顺辛亥岁迁于江南，然其国之变，实在庚戌岁故也。

刘言世荐马氏宿将，节度朗州，号"刘咬牙"。及马氏将乱，民间谣曰："马去也，不用鞭，咬牙过今年。"其后边镐入长沙，尽俘诸马归于金陵，而镐亦为王逵所逐，言是岁亦为潘叔嗣所杀，皆其应也。

庞巨昭善星纬之学，唐末为容州刺史，恶刘隐残虐，乃归长沙。或问湖南与淮南国祚短长，巨昭曰："吾入境来，闻童谣曰：'三羊五马，马自离群，羊子无舍。'自今以后，马氏当五主，杨氏当三主。"后皆如其言。

　　唐末丹阳民常戏语曰："待钱来，待钱来。"及后钱镠授镇海军节度、浙江西道观察处置使、润州刺史，遂据有钱塘，乃其应也。

　　徐铉父延休博物多学，尝事徐温，为义兴县令。县有后汉太尉许馘庙，庙碑即许劭记，岁久字多磨灭。至开元中，许氏诸孙重刻之，碑阴有八字云："谈马砺毕王田数七。"时人不能晓。延休一见，为解之曰："谈马言午，言午'许'字。砺毕石卑，石卑'碑'字。王田乃千里，千里'重'字。数七是六一，六一'立'字。"此亦杨修辨虀臼之比也。诗以言志，言以知物，信不诬矣。

　　江南李觏通经术，有文章，应大科召试第一。尝作诗曰："人言日落是天涯，望极天涯不见家。堪恨碧山相掩映，碧山还被暮云遮。"识者曰："观此诗意，此有重重障碍，李君恐时命不偶。"后竟如其言。又陈文惠公未逢时尝作诗曰："千里好山云乍敛，一楼明月雨初晴。"观此意与李君异矣，然则文惠致位宰相，寿余八十，不亦宜乎！

　　宋莒公庠知许州，开西湖，诗曰："凿开鱼鸟忘情地，展尽江湖极目天。"识者观诗意，则知公位极一品矣。孟郊《下第》诗曰："弃置复弃置，情如刀剑伤。"又《再下第》诗曰："两度长安陌，空将泪见花。"又甫及第诗曰："昔日龌龊不足嗟，今朝旷荡思无涯。青春得意马蹄疾，一日看尽长安花。"大凡进取得失，盖亦常事，而郊器宇不宏，偶一下第，则其情陨获，如伤刀剑，以至下泪。既后登科，则其中充溢，若无所容，一日之间，花即看尽，何其速也！后郊授溧阳尉，竟死焉。

　　丞相刘公沆，庐陵人。少以气义，尝咏牡丹诗云："三月内方有，百花中更无。"《述怀》诗云："虎生三日便窥牛，猎犬宁能掉尾求？若不去登黄阁贵，便须来伴赤松游。奴颜婢舌诚堪耻，羊狠狼贪自合羞。三尺太阿星斗焕，何时去取魏齐头？"皇祐初，公出领豫章，转运使潘凤素有诗名，乃以《小孤山四十字》示公，公即席和呈，文不加点。诗曰："擎天有八柱，一柱此焉存。石耸千寻势，波留四面痕。江湖中作镇，风浪里蟠根。平地安然者，饶他五岳尊。"览者皆知公有宰相器矣。未几参大政，遂正鼎席。

　　寇莱公少时作诗曰："去海止十里，过山应万重。"及贬至雷州，吏呈州图，问州去海几里，对曰"十里"。则南迁之祸，前诗已预谶也。

乖崖张公詠晚年典淮阳郡，游赵氏西园，作诗曰："方信承平无一事，淮阳闲杀老尚书。"后一年捐馆，亦诗谶也。

苏缄字宣甫，性忠义，喜功名。皇祐中以秘书丞知英州，值侬贼作乱，他州皆不能守，独缄捍御有功，恩换阁职。寻坐事，贬房州司马。嘉祐中复官，权知越州诸暨县。余与之同僚，常赠缄诗曰："燕颔将军欲白头，昔年忠勇动南州。心如铁石老不挫，功在桑榆晚可收。"后十有八年，缄知邕管，交趾叛，攻城，力战陷殁。朝廷悯之，赠奉国军节度使，赐谥忠勇。则所谓忠勇之谥，已先于余诗谶之矣。

本朝翰林苏公绅尝题润州金山寺一联云："僧依玉鉴光中住，人踏金鳌背上行。"时公方举大科，识者以"人踏金鳌背上行"乃荣入玉堂之兆，已而果然。公位止于内相，岂亦诗之谶耶？

王丞相随刻意于诗，以谓诗皆言志，不可容易而作。尝有应制科人成锐集诗三篇，国子博士侯君以献于随，随览之，乃亲笔尺牍答侯君，其略曰："随拜启：伏承贤良成秀才见访不及，裁制三册，文华宏逸，学术该赡。然览《舒菊》诗云'彩槛应无分，春风不借恩'、又《野花》诗云'馨香虽有艳，栽植未逢人'，实皆绮靡之辞，未协荣登之兆。复阅《别随州裴员外嘉》句云'凭高看渐远，更上最高楼'，谅惟再举，合践高科。"其好品藻如此。锐许州临颍人，后以献边事得官，竟坐摈斥，馁死于京师。

白居易赋性旷远，其诗曰："无事日月长，不羁天地阔。"此旷达者之词也。孟郊赋性褊隘，其诗曰："出门即有碍，谁谓天地宽？"此褊隘者之词也。然则天地又何尝碍郊，孟郊自碍耳。王文康公赋性质实重厚，作诗曰："枣花至小能成实，桑叶惟柔解吐丝。堪笑牡丹如斗大，不成一事只空枝。"此亦质实重厚之词也。

检正官张谔家起亭名"允中"，盖取《易》"允升"义。后谔迁太子中允停官，或者解曰："允中亭者，官至中允而后必停也。"

太子中书舍人陈有方知蕲水县，临水创亭，名"必观"，盖取荀况"君子必观于水"之义。或者解曰："必观亭者，必停官也。"后有方竟以罪免官而去。

卷八

　　文章纯古不害其为邪,文章艳丽亦不害其为正。然世或见人文章铺陈仁义道德,便谓之正人君子;及花草月露,便谓之邪人,兹亦不尽也。皮日休曰:"余尝慕宋璟之为相,疑其铁肠与石心,不解吐婉媚辞。及睹其文,而有《梅花赋》,清便富艳,得南朝徐庾体。"然余观近世所谓正人端士者,亦皆有艳丽之词,如前世宋璟之比,今并录之:乖崖张公咏《席上赠官妓小英歌》曰:"天教抟百花,抟作小英明如花。住近桃花坊北面,门庭掩映如仙家。美人宜称言不得,龙脑薰衣香入骨。维阳软縠如云英,亳郡轻纱似蝉翼。我疑天上婺女星之精,偷入筵中名小英。又疑王母侍儿初失意,谪向人间为饮妓。不然何得肤如红玉初碾成,眼似秋波双脸横?舞态因风欲飞去,歌声遏云长且清。有时歌罢下香砌,几人魂魄遥相惊。人看小英心已足,我见小英心未足。为我高歌送一杯,我今赠汝新翻曲。"韩魏公晚年镇北州,一日病起,作《点绛唇》小词曰:"病起厌厌,画堂花谢添憔悴。乱红飘砌。滴尽胭脂泪。　　惆怅前春,谁向花前醉?愁无际。武陵回睇。人远波空翠。"司马温公亦尝作《阮郎归》小词曰:"渔舟容易入春山。仙家日月闲。绮窗纱幌映朱颜。相逢醉梦间。　　松露冷,海霞殷。匆匆整棹还。落花寂寂水潺潺。重寻此路难。"又曾修古立朝最号刚方蹇谔,常见池上有所似者,亦作小诗寓意曰:"荷叶罩芙蓉,圆青映嫩红。佳人南陌上,翠盖立春风。"杨湜《词说》载温公《西江月》词云:"宝髻松松梳就,铅华淡淡妆成。轻烟翠雾罩娉婷,飞絮游丝无定。　　相见争如不见,有情何似无情。笙歌散后酒初醒,深院月明人静。"《东皋杂录》云:"世传温公有《西江月》一词,今复得《锦堂春》云:'红日迟迟,虚廊转影,槐阴迤逦西斜。彩笔工夫,难状晚景烟霞。蝶尚不知春去,谩绕幽砌寻花。奈狂风过后,纵有残红,飞向谁家?　　始知青鬓无价。叹飘蓬宦路,荏苒年华。今日笙歌丛里,特地咨嗟。席上青衫湿透,算感旧、何止琵琶。怎不教人易老,多少离愁，散在天涯。'"《卢仝集》《有所思》及《楼上女儿曲》、《自君之出矣》、《秋梦行》等篇，皆艳词也。陶渊明亦有《闲情赋》。《苕溪渔隐》云："余阅《宛陵集》，见《一日曲》，其词乃为南阳一娼话离而作，然则谨厚者亦复为之耶？其曲云：'妾家邓侯国，肯愧邯郸姝？世本富缯绮，娇爱比明珠。十五学组纴，未尝开户枢。十六失所适，姓名倾里闾。十七善歌舞，使君邀宴娱。自兹著乐府，不得同罗敷。凉温忽荏苒，屡接朝大夫。相欢不及情，何异逢路衢。昨日一见郎，目色曾不渝。结爱从此笃，暂隔犹云疏。如何遂从宦，去涉千里途。郎跨青骢马，妾乘白雪驹。送郎郎未远，别妾妾仍孤。不如水中鳞，双双依绿蒲。不如云间鹄，两两下平湖。鱼鸟尚有托，妾今谁与俱？去去约春华，终朝怨日赊。一心思杏子，便拟见梅花。梅花几时吐，频揾阑干数。东风若见郎，重为歌《金缕》。'"《侯鲭集》又有《花娘歌》、《翡翠词》。《吹剑录》载范文正守饶，喜妓籍一小鬟，既去，以诗寄魏介曰："庆朔堂前花自栽，便移官去未曾开。年年长有别离恨，已托春风干当来。"介买送公。王衍曰："情之所钟，正在我辈。"以范公而不能免。慧远曰："顺境如磁石，遇金不觉合而为一。处无情之物尚尔，况我终日在情里作活计耶！"张衡作《定情赋》，蔡邕作《静情赋》，渊明作《闲情赋》，盖尤物能移人，情荡则难反，故防闲之。

王安国作诗多使酒楼，尝语余曰："杨文公诗有一'酒楼'：'江南堤柳拂人头，李白题诗遍酒楼。'钱昭度诗亦有一'酒楼'：'长忆钱塘江上望，酒楼人散雨千丝。'子诗有几'酒楼'？"余答曰："吾诗有二'酒楼'。"安国曰："足矣。"盖余有《题九江琵琶亭》小诗云："夜泊浔阳宿酒楼，琵琶亭畔荻花秋。云沉鸟没事已往，月白风清江自流。"又余昔年尝送客西陵，亦作小诗曰："若耶溪畔醉秋风，猎猎船旗照水红。后夜钱塘酒楼上，梦魂应绕浙江东。"

安国俊迈而貌陋黑肥。熙宁中与余同官于洛下，尝谓余曰："子可作诗赠我。"余因援笔戏之曰："飞卿昔号温钟馗，思道通俯还魁肥。江淹善啄笔五色，庾信能文腰十围。只知外貌乏粉泽，谁料满腹填珠玑。相逢把酒洛阳社，不管淋漓身上衣。"安国由此不悦。

毕文简公之婿曰皇甫泌，少时不羁，唯事蒲博。时毕公作相，累谕不悛，欲面奏其事，使加贬斥。方启口云“臣有女婿皇甫泌”，适值过庭有急报，不暇敷陈。他日又欲面奏，亦如之，若是者三。值上内逼，遽引袖起，遥语毕曰：“卿累言婿皇甫泌，得非欲转官耶？可与转一资。”毕公不敢辩，唯而退。泌即转殿中丞，后累典大郡，以尚书右丞致仕，年八十五卒。

嘉祐中，选人郑可度历十五考，举主仅满五人。内一人乃州北李少卿昭选。待次二年余，引见前一夕五更，昭选卒。其日值起居，朝堂中欢言州北李少卿夜来有事。铨吏知之，即以撼可度，愿得钱五千，寝其事，可度不与。吏竟白铨主，再会问罢引，可度遂老死选调。

又选人张方平赋性刚介，尝以事忤上官，为所罗织，以赃罪废绝，无改转之望，后为临颍令。时贾安公知许州，怜其无辜，即为奏雪罢任，举主亦仅满磨勘入甲，待次余二年将引见。又丁家艰，及服除，谓举主雕丧已尽，则阙会问，乃并存，转著作佐郎，至今无恙，此又与郑可度不侔矣。

枢密孙公抃生数日，患脐风已不救，家人乃盛以盘合，将弃诸江。道遇老媪，曰：“儿可活。”即与俱归，以艾炷灸脐下，遂活。

海有鱼虬，尾似鸱，用以喷浪则降雨。汉柏梁台灾，越王上厌胜之法，乃大起建章宫，遂设鸱鱼之像于屋脊以厌火灾，即今世之鸱吻是也。

《春秋左氏传》称三叛人以土地出求食而已，贱而书名，盖甚之，则以其无廉耻之至也。故今倡家谓之求食，盖本乎此。

唐以前馆驿并给传往来，开元中务从简便，方给驿券。驿之给券，自此始也。

曲有《录要》者，录《霓裳羽衣曲》之要拍，即《唐书·吐蕃传》所谓《凉州》、《胡谓》、《录要》、杂曲，而今世语讹谓之“绿腰”。

梁高祖为宣武节帅，乃受禅，乃升汴州为开封府。其诏曰：“兴王之地，受命之邦，集大勋有异庶方，沾庆泽所宜加厚。故丰、沛著启祚之美，襄、邓有建都之荣。用壮鸿基，且旌故里。”则汴州为开封府，自朱梁时也。

天清寺繁台本梁王鼓吹台，梁高祖常阅武于此，改为讲武台。其后繁氏居其侧,里人乃呼为"繁台"。则繁台之名,始于此也。

《左氏传》曰:"魏大名也。"故魏府号大名府。

《考工记》:㮚氏掌攻金,其量铭曰"时文思索",故今世攻作之所号文思院。

苏有姑苏台,故苏州谓之苏台;相有铜雀台,故相州谓之相台;滑有测景台,故滑州谓之滑台。

王禹偁徙蕲州,到任谢上表曰:"宣室鬼神之问,敢望生还;茂陵封禅之文,已期身后。"李淑到河中府,谢上表曰:"长安日远,戴盆之望徒深;宣室夜阑,前席之期不再。"王陶再来河南府,谢上表曰:"田园仅足,二疏那见其复来;羽翼已成,四皓宁闻于再起。"三公表意一,同到任未几皆卒。

景德中,河朔举人皆以防城得官。而范昭作状元,张存、任并虽事业荒疏,亦皆被泽。时有无名子嘲曰:"张存解放旋风炮,任并能烧猛火油。"存后仕尚书,并亦仕至屯田员外郎,知要州卒。

庆历丙戌岁,春榜省试,以"民功曰庸"为赋题,题面生梗,难为措词。其时路授、饶瑄各场屋驰名,路则云"此赋须本赏",饶则云"此赋须本农"。故当时无名子嘲曰:"路授则家住关西,打赏骂赏;饶瑄则生居浙右,你侬我侬。"

本朝大官,最享高年者凡三人,曰太傅张公士逊、枢相张公昇、少师赵公楘,皆寿至八十六。又二人次之,曰陈文惠公尧佐,至八十二,杜祁公衍,至八十一。又一人次之,曰富文忠公弼,寿至八十。余皆不及焉。故文惠致政,以诗寄太傅曰:"青云歧路游将遍,白发光阴得最多。"盖为是也。

太傅张公,光化军人,生百日,始能啼。襁褓中丧其父母。少孤贫,读书武当山,有道士见而异之,曰:"子有道气,可随我学仙。"公不欲,道士亦弗强,曰:"不然,亦位极人臣。"公以淳化三年孙何下及第,久困选调,年几五十始转著作佐郎,知邵武县。还朝,以文贽杨公大年,比三日,至门下,连值杨公与同辈打叶子,门吏不敢通,公亦弗去。杨公忽自窗隙目之,知非常人,延入款语。又观所为文,以为有宰相器。未几荐为御史,寻充寿春王友,由此附会,遂登台辅。然公宽厚长者，记存故旧，尝与邵武姓鱼一僧相善，及贵，犹不忘，为鱼奏紫方袍，弟子守仙亦沾锡服。晚年致政，犹时时遗守仙物不绝，答书皆亲笔，书语皆稠叠勤拳，其敦笃如此。

公性喜山水，宰邵武时多游僧舍，至则吟哦忘归。常至西庵寺，题诗曰："西庵深入西山里，算得当年少客游。密密石丛盘小径，涓涓云窦泻寒流。松皆有节谁青盖，僧尽无心也白头。欲刷粉牌书姓字，调卑官冗不堪留。"又公尝至宝盖岩寺，亦留题曰："身为冠冕留，心是云泉客。每到云泉中，便拟忘归迹。况兹宝盖岩，天造清凉宅。税车官道边，谁知愿言适。"又公尝公牒至建宁县，道洛阳村而山路险峭，穿绝不可名状，亦题二韵于村寺曰："金谷花时醉几场，旧游无日不思量。谁知万水千山里，枉被人言过洛阳。"仁宗笃师傅恩，遇公特厚，致政后每大朝会，常令缀两府班。公时已八十余，而拜跪尚轻利，仁宗悦，乃飞白"千岁"二字赐之。公邀进歌以谢，优诏答之。虽汉显宗之遇桓荣，不是过也。

枢相张公昪字杲卿，阳翟人。大中祥符八年蔡齐下及第，仕亦晚达。皇祐中自润州解官时已六十余，语三命僧化成曰："运限恰好，去未得。"未几除侍御史知杂事，不十年作枢相。退归阳翟，生计不丰，短毡轻绦，翛然自适。乃结庵于嵩阳紫虚谷，每旦晨起焚香，读《华严》。庵中无长物，荻帘、纸帐、布被、革履而已。年八十余，自撰《满江红》一首，闻者莫不慕其旷达。词曰："无利无名，无荣无辱，无烦无恼。夜灯前、独歌独酌，独吟独笑。况值群山初雪满，又兼明月交光好。便假饶、百岁拟如何，从他老。　　知富贵，谁能保？知功业，何时了？算箪瓢金玉，所争多少。一瞬光阴何足道，但思行乐常不早。待春来携酒殢东风，眠芳草。"

少师赵公槩字叔平，天圣初王尧臣下第三人及第。为人宽厚长者，留滞内相十余年，晚始大用，参贰大政。治平中退老睢阳，素与欧阳文忠公友善。时文忠退居东颍，公即自睢阳乘兴挐舟访之，文忠喜公之来，特为展宴，而颍守翰林吕公亦预会。文忠乃自为口号一联云："金马玉堂三学士，清风明月两闲人。"两闲人谓公与文忠也。

卷九

　　杨文公《谈苑》称楚僧惠崇工诗，于近代释子中为杰出，而欧阳公少师《归田录》亦纪其佳句，则不甚多。余尝见惠崇自撰句图凡一百联，皆平生所得于心而可憙者。今并录之：《书杨云卿别墅》云："河分岗势断，春入烧痕青。"《长信词》云："阴井生秋早，明河转曙迟。"《送远上人西游》云："地形吞蜀尽，江势抱蛮回。"《江行晚泊》云："岭暮春猿急，江寒白鸟稀。"《上谷相公池上作》云："归禽动疏竹，落果响寒塘。"《赠陈六府》云："野人传相鹤，山吏学弹琴。"《夜坐》云："香浅冰生井，宵分月上轩。"《赠凝上人》云："掩门青桧老，出寺白髭长。"《送迁客》云："浪经蛟浦阔，山入鬼门寒。"《经缘公旧寺》云："遗偈传诸国，留真在一峰。"《塞上》云："河冰坚度马，塞雪密藏雕。"《喜长公至》云："久别年颜改，相逢夜话长。"《隐者》云："多年不道姓，几日旋移家。"《宿东林寺》云："鸟归杉堕雪，僧定石沉云。"《上翰林杨学士》云："露寒金掌重，天近玉绳低。"《柳氏书斋》云："著书惊日短，弹剑惜春深。"《上王太尉》云："探骑通番垒，降兵逐汉旗。"《田家秋夕》云："露下牛羊静，河明桑柘空。"《舟行》云："林断城隍出，江分岛屿回。"《寄梅苏州》云："锁城山月上，吹角海鸥惊。"《宿杨侍郎东亭》云："卷幔来风远，移床得月多。"《送程至》云："白浪分吴国，青山隔楚天。"《游隐静寺》云："空潭闻鹿饮，疏树见僧行。"《送钱供奉巡警》云："剑佩明山雪，旌旗湿海云。"《梅鼎臣河亭》云："旷野行人少，长河去鸟平。"《宿肇公山斋》云："月高山舍迥，霜落石门深。"《送卢经西归》云："霜多秦木迥，云尽汉山孤。"《濠梁夜泊》云："夜阑潮动舸，秋迥月临城。"《崔仰秋居》云："叶落风中尽，虫声月下多。"《赠裴使君》云："行县山迎舸，论兵云绕旗。"《早行》云："繁霜衣上积，残月马前低。"《秋夕》云："磬断虫声出，峰回鹤影沉。"《书韩退之屋壁》云："移家临丑石，租地得灵泉。"《秋夕怀长公》云："秋近草虫乱，夜遥霜月低。"《观宴乡老》云："海鸥听舜乐，山鬼醉尧觞。"《赠素上人》云："中食下林

狱,夜禅移冢狐。"《晚夏》云:"扇声犹泛暑,井气忽生秋。"《江行早发》
云:"残月楚山晓,孤烟江庙春。"《宿翻经馆清少卿房》云:"梵容分古
像,唐语入新经。"《题王太保道院》云:"鹤传沧海信,僧和白云诗。"
《秋夕怀汪白诗》云:"寒禽栖古柳,破月入微云。"《赠白上人》云:"花
漏沉山月,云衣起海风。"《喜陈助教至》云:"楼中天姥月,座上杜陵
人。"《冬日野望》云:"人归冈舍迥,雁过渚田遥。"《送人牧荣州》云:
"山色临巴迥,江流入汉清。"《春申道中》云:"湘云随雁断,楚路背人
遥。"《赠李道士》云:"松风吹发乱,岩溜溅棋寒。"《栖霞寺》云:"境闲
僧渡水,云尽鹤盘空。"《林逋河亭》云:"古路随岗起,秋帆转浦斜。"
《杨秘监池上》云:"禽寒时动竹,露重忽翻荷。"《魏野山亭》云:"岚重
琴棋湿,风长枕簟寒。"《塞下》云:"离碛雁冲雪,渡河人上冰。"《寄白
阁能上人》:"夜梵通云窦,秋香满石丛。"《陕西道中》云:"关河双鬓
白,风雪一灯青。"《送防秋杨将军》云:"杀气生龙剑,威风动虎旗。"
《瓜州亭子》云:"落潮鸣下岸,飞雨暗中峰。"《贺刘舍人》云:"日缠黄
道迥,春入紫微深。"《除夜》云:"寒灯催腊尽,晓角唤春归。"《幽并道
中》云:"雁行沉古戍,雕影转寒沙。"《送僧归天台》:"景霁云回合,
秋生树动摇。"《过陈抟旧居》云:"乱水僧频过,荒林鹤不还。"《宿横江
馆》云:"露馆涛惊枕,空庭月伴琴。"《维邢道中》云:"马渡冰河阔,雕
盘喷日高。"《国清寺秋居》云:"惊蝉移古柳,斗雀堕寒庭。"《书平上人
山房》:"松风传夕磬,溪雾拥春灯。"《观南郊天伏》云:"霓旌摇曙
景,风吹绕春云。"《赠义省上人》云:"坐石云生袖,添泉月入瓶。"《升
平词》云:"万国无刑治,三边不战平。"《国清寺》云:"瞑鹤栖金刹,秋
僧过石桥。"《吕氏西斋》云:"云残僧扫石,风动鹤归松。"《刘参幽居》
云:"风暖鸟巢木,日高人灌园。"《杨都官池上》云:"竹风惊宿鹤,潭月
戏春鹭。"《书矫方屋壁》云:"圭窦先知晓,盆池别见天。"《送陈舍人巡
抚》云:"月露疏寒析,云涛闪画旗。"《宿齐上人禅斋》云:"鹤惊金刹
露,龙蛰玉瓶泉。"《春日寇宫赞池上》云:"暄风生木末,迟景入泉心。"
《七夕》云:"河来天上阔,云度月边轻。"《赠王道士》云:"海人来相鹤,
山狖下听琴。"《送孙荆州》云:"画鹢浮秋浪,金铙响夕云。"《江城晚
望》云:"丹枫映郭迥,绿屿背江深。"《题王太保山亭》云:"危溜含清

瑟,飞花点玉筋。"《送李秦州》云:"朱旗凌雪卷,画角入云吹。"《画上人西斋》云:"孤云还静境,远籁发秋空。"《李太傅山庄》云:"围棋分雪石,汲井动金沙。"《宫中词》云:"井含春气碧,楼转夕阴清。"《送吴袁州》云:"鸟暝风沉角,天清月上旗。"《寄肇公》云:"斜吹鸣金锡,归云拥石床。"《塞上》云:"古戍生烟直,平沙落日迟。"《嗣上人》云:"拂石云离帚,尝茶月入铛。"《舟行》云:"远屿迎樯出,寒林带岸回。"《送延上人》云:"来时云拥衲,别夜月随筇。"《马螺淮亭》云:"路横岗烧断,风转浦帆斜。"《上殿前戴太保》云:"剑静龙归匣,旗闲虎绕竿。"《高谭书斋》云:"品画逢名岳,横琴忆古贤。"《太一山》云:"云阴移汉塞,石色入秦天。"《塞上送人》云:"地遥群马小,天阔一雕平。"《范溶园池》云:"江花凌霰发,山溜入池深。"《猎骑》云:"长风跃马路,小雪射雕天。"《高略书院》云:"古木风烟尽,寒潭星斗深。"《送段工部河北转运》云:"渡河风动旆,巡部雨沾车。"

神宗朝皇嗣屡阙,余尝诣阁门上书乞立程婴、公孙杵臼庙,优加封爵,以旌忠义,庶几鬼不为厉,使国统有继。是时适值郓王服药,上览之矍然,即批付中书,授臣将作监丞,敕河东路访寻二人遗迹,乃得其家于绛州太平县。诏封婴为成信侯,杵臼为忠智侯,因命绛州立庙,岁时致祭。余所上书略曰:"臣尝读《史记·世家》,考赵氏废兴之本末,惟程婴、公孙杵臼二人各尽死,不顾难以保全赵氏孤儿,最为忠义。乃知国家传祚至今,皆二人之力也。盖下宫之难,屠岸贾杀赵朔、赵同、赵括、赵婴齐,已赤族无噍类。惟朔妻有遗腹,匿于公宫,既而免身生男。屠岸贾闻知,索于宫中甚急。于是朔妻置男裤中,祝曰:'赵宗灭乎,若号;即不灭,若无声。'及索,儿竟无声,乃得脱。然则儿之无声,盖天有所祚。且天方启赵氏,生圣人以革五代之乱,拯天下于汤火之中而奄有焉。使圣子神孙继继承承而不已,则儿又安敢有声?盖有声则不免,不免则赵氏无复今日矣。然虽天祚亦必赖公孙杵臼谬负他婴匿于山中,卒与俱死,以绝其后患。又必赖程婴保持其孤,遂至成人而立之,以续赵祀,即赵文子也。于是赵宗复盛,传十世至武灵王,而遂以胡服与秦俱霸。其后为秦所并,则子孙荡析,散居民间。今常山、真定、中山,则古之赵地也。故赵氏世为保州人,而僖祖、顺祖、翼祖、宣祖皆生于河朔，以至太祖启运，太宗承祧，真宗绍休，仁宗守成，英宗继统，陛下缵业。向使赵氏无此二人以力卫襁褓，孑然之孤使得以全，则承祀无遗育矣，又安能昌炽以至于此？故臣深以谓国家传祚至今，皆二人之力也。二人死皆以义，甚可悼痛，虽当时赵武为婴服丧三年，为之祭奠，春秋祠之，世勿绝；然今不知其祠之所在，窃虑其祠或废而弗举，或举而弗葺，或葺而弗封，三者皆阙典也。《左氏》曰：'鬼有所归，乃不为厉。'自宋有天下，甲子百二十二年于兹矣。而二人忠义，未见褒表，庙食弗显。故仁宗在位，历年至多，而前星不耀，储嗣屡阙。虽天命将启先帝以授陛下，然或虑二人精魄久无所归，而亦因是为厉也。何哉？盖二人能保赵孤，使赵宗复续，其德甚厚。则赵宗之续，国统之继，皆自二人为之也。况二人者忠诚精刚，洞贯天地，则其魂常游于大空而百世不灭。臣今欲朝廷指挥下河东北晋赵分域之内，访求二人墓庙，特加封爵旌表。如或自来未立庙貌，即速令如法崇建，著于甲令，永为典祀。如此则忠义有劝，亦可见圣朝不负于二人者矣。"

龙图燕公肃雅多巧思，任梓潼日尝作莲花漏献于阙下。后作藩青社，出守东颍，悉按其法而为之。其制为四分之壶，参差置水器于上，刻木为四方之箭，箭四觚，面二十五刻，刻六十四面，百刻总六千分，以效日。凡四十八箭，一气一易，铸金莲、承箭、铜乌引水，下注金莲，浮箭而上。有司唯谨视而易之。其行漏之始，又依《周官》水地置泉法，考二交之景，得午时四刻一十分，午为正南，北景中以起漏焉。以梓潼在南，其法昼增一刻，夜损一刻，青社稍北，昼增三刻，颍处梓、青之间，昼增二刻，夜损亦如之，仍作宣秘漏，其窥天愈密焉。兹亦张平子之流也。

本朝之制诰待制，止系皂鞓犀带，迁龙图阁直学士，始赐金带。燕公为待制，十年不迁，乃作《陈情诗》上时宰，诗曰："鬓边今日白，腰下几时黄？"于是时宰怜其老，未几迁直学士。燕公登科最晚，年四十六始用寇莱公荐转京官，晚登文馆，列侍从，作直学士时已六十余矣。

卷十

真宗朝有王捷者，汀洲长汀人。少时薄游江界，至星子县夜宿逆旅，遇道士授黄白术，未尽其要。后再遇其人于茅山，相携至历阳，指示灵草，并传以合和密诀，试皆有验。仍别付灵方环剑缄縢之书，戒曰："非遇人君，慎勿轻述。"捷后以佯狂抵禁，配流岭南，时供奉官阁门祗候谢德权适总巡兵，颇闻其异。捷后窜归阙下，德权乃馆于私第，炼成药银上进。真宗异之，命解军籍，使刘承珪诘其事。捷以师戒甚严，终不敢泄，唯愿见至尊面陈。于是承珪乃为捷改名中正，俾诣登闻，始得召见。即授许州散掾，留止京师。寻授神武将军，致仕，仍给全俸，迁高州刺史、康州团练使。前后贡药金银累巨万数，辉彩绝异，不类世宝，当时赐天下天庆观金宝牌，即其金所铸也。然中正亦不敢妄费，唯周济贫乏，崇奉仙释而已。今汀州开元寺，乃其施财所建也。卒赠镇南军节度使，此近古所未闻也。

乖崖张公詠尹益部日，值李顺兵火之后，群政未举。因谳一吏，词不伏，公曰："这莫要剑吃？"彼云："谳不得，吃剑则得。"公命斩之以徇。军吏愕眙相顾，自是始服公威信。李顺党中有杀耕牛避罪亡逸者，公许其首身。拘母十日，不出，释之。复拘其妻，一宿而来。公断云："禁母十夜，留妻一宵。倚门之望何疏，结发之情何厚？旧为恶党，因又逃亡。许令首身，犹尚顾望。"就命斩之。于是首身者继至，并遣归业，蜀民由此安居。

平顺贼之明年，复有刘旴相继叛命，公命讨平之。既而凯旋，忽有持首级来者，公曰："当奔突接战之际，岂暇获其首，此必战后斫来，知复是谁？"殿直段伦曰："如学士之言，真神明。当时随伦为先锋入贼用命者，皆中伤被体，何尝获首级？"公乃先录中伤之人，而以持首级来者次之，于是军伍欢跃。又皇祐中侬贼叛命，狄青讨之。青临行上言，以谓："古之师还，以讯馘首，告割耳鼻则有之，不闻有获首者。秦汉以来，方有是事，故获一首则赐爵一级，因为之首级。然开争启幸，莫此之甚，故军士争首级以致相杀。又其间多以首级为货，售于无功不战之人，非所以劝，愿一切寝罢。如师有功，则差次其劳，全军加赏；无功则斟酌其罪，全军加罚。庶令上下一心，不专自为私计，则决胜之道也。"从之，遂大捷。然则青之智识，亦公之智识也。

公布衣时素善陈抟，尝因夜话谓抟曰："某欲分先生华山一半，住得无？"抟曰："余人则不可，先辈则可。"及旦取别，抟以宣毫十枝、白云台墨一剂、蜀笺一角为赠。公谓抟曰："会得先生意，取某入闹处。"去曰"珍重"。抟送公回，谓弟子曰："斯人无情于物，达则为公卿，不达为王者师。"公常感之，后尹蜀，乘传过华阴，寄抟诗曰："性愚不肯林泉住，强要清流拟致君。今日星驰剑南去，回头惭愧华山云。"

公布衣时常至郑州宿于逆旅，遇一人气貌甚古，与之语，曰尘外子，不言姓氏，自称神和子。质明为别，语公曰："他日相公候于益州。"后公典益部，疡生于首，祷于龙兴观。夜梦昔年神和子告之曰："头疮勿疑，不是死病。"及觉，语道士文正之尝收得郑韶处士《赠神和子歌》，因索而阅之，益异其事。公乃建大阁，上下十四间，号仙游阁，歌至今刻石存焉。公离蜀日，以一幅书授蜀僧希白，其上题"须十年后开"。其后公薨于陈，凶讣至蜀果十年。启封，乃乖崖翁真子一幅，戴隐士帽，褐袍绢带，其旁题云："依此样写于仙游阁。"兼自撰《乖崖翁真赞》云："乖则违众，崖不利物。乖崖之名，聊以表德。徒劳丹青，绘写凡质。欲明此心，服之无致。"至今川民皆依样家家传写。

李复圭三世皆知滑州，天圣中其祖康靖公若谷知，庆历中其父邯郸公淑又知，及后八年复圭又知。前此邯郸公尝迎侍康靖，题诗于州廨曰："滑守如今是世官，阿戎出守自金銮。郡人莫讶留题别，孙息期同住此看。"后复圭刻石记其事，一曰"仰承诒训，允契冥兆"，兹亦异也。

刘沆与乡人尹鉴少同场屋，刘已登第大拜。皇祐中尹以恩榜始登第，还乡，刘以诗送之："少年相款老相逢，乡举虽同遇不同。我已位尘三事后，君方名列五科中。荣登莫计名高下，宦达须由善始终。若到乡关人见问，为言归思满秋风。"

仁宗朝内臣孙可久，赋性恬澹，年逾五十即乞致仕。都下有居第,堂北有小园,城南有别墅。每良辰美景,以小车载酒,优游自适。石曼卿尝过其居,题诗曰:"南北沿河润,幽深在禁城。叠山资远意,让俸买闲名。闭户断蛛网,折花移鸟声。谁人识高趣,朝隐石渠生。"屯田外郎柳永亦赠诗曰:"故侯幽隐直城东,草树扶疏一亩宫。曾珥貂珰为近侍,却纡绦褐作闲翁。高吟拥鼻诗怀壮,雅论盱衡道气充。厌尽繁华天上乐,始将踪迹学冥鸿。"可久好吟咏,效白乐天格。尝为陕西驻泊,为乐天构祠堂于郡城大阜之顶。中安绘像,仍缮写平生歌诗警策之句,遍于旧墉。晚年著《归休集》行于世,年七十余卒。

内臣裴愈字益之,亦好吟咏。真宗朝衔命江南,搜访遗书名画,归奏称旨,用是累居三馆秘阁职任。有诗《送鲁秀才南游》云:"东吴山色家家月,南楚江声浦浦风。"《闻蝉》诗云:"杨柳影疏秋霁月,梧桐叶坠夕阳天。"皆其佳句。有子曰湘,字楚老,亦有诗名。明道中仁宗御便殿,试进士《房心为明堂赋》、《和气致祥诗》,亦命湘赋之。湘蹈舞再拜,数刻而成。仁宗嗟赏,左右中人为之动色。其《和气致祥诗》曰:"君德承天道,冲融协大和。卿云呈瑞草,膏泽应时多。煦集连枝木,嘉扶异颖禾。五星还聚井,丹凤更巢阿。薮泽无遗士,边防久息戈。黔黎逢至化,稽首载赓歌。"他诗亦类此。有《肯堂集》行于世,翰林李公淑为之作序曰:"予尝嘉河东父子起银珰右貂,能以属辞拔其伦。益之三朝侍内,老不废学,又课厉二子,使皆有立,约己慎履,如周仁、石庆。而楚老孳孳嗜书,克自淬琢云。"湘又喜为小词,尝在河东路走马承受,有"咏并门"《浪淘沙》小词云:"雁塞说并门,郡枕西汾。山形高下远相吞。古寺楼台依碧障,烟景遥分。 晋庙镵溪云,箫鼓仍存。牛羊斜日自归村。惟有故城禾黍地,前事销魂。"复有"咏汴州"《浪淘沙》小词,仁宗命录进,亦嘉之。其词曰:"万国仰神京,礼乐纵横。葱葱佳气镵龙城。日御明堂天子圣,朝会簪缨。九陌六街平,万物充盈。青楼弦管酒如渑。别有隋堤烟柳暮,千古含情。"

杨文公深达性理,精悟禅观,捐馆时作偈曰:"沤生复沤灭,二法本来齐。要识真归处,赵州东院西。"

丞相王公随亦悟性理,捐馆时知河阳,作偈曰:"画堂灯已灭,弹指向谁说？去住本寻常，春风扫残雪。"是夕薨。凌晨大雪，实正月六日。

曹司封修睦深达性理，知邵武军时常以竹箪赠禅僧仁晓，因作偈与之曰："翠筠织箪寄禅斋，半夜秋从枕底来。若也此时人问道，凉天卷却暑天开。"

张尚书方平尤达性理，有人问祖师西来意，张作偈答之曰："自从无始千千劫，万法本来无一法。祖师来意我不知，一夜西风扫黄叶。"

陈文惠公亦悟性理，尝至一古寺，作偈曰："殿古寒炉空，流尘暗金碧。独坐偶无人，又得真消息。"

富文忠公尤达性理，熙宁余官洛下，公时为亳守，遗余书托为访荷泽诸禅师影像。余因以偈戏之曰："是身如泡幻，尽非真实相。况兹纸上影，妄外更生妄。到岸不须船，无风休起浪。唯当清静观，妙法了无象。"公答偈曰："执相诚非，破相亦妄。不执不破，是名实相。"既又以手笔赆余曰："承此偈见警，美则美矣，理则未然。所谓无可无不可者，画亦得，不画亦得。就其中观像者，为不得；不观像者，所得如何？禅在甚么处，似不以有无为碍者，近乎通也。思之，思之。"

文之神妙，莫过于诗赋。见人之志，非特诗也，而赋亦可以见焉。唐裴晋公作《铸剑戟为农器赋》云："我皇帝嗣位三十载也，寰海镜清，方隅砥平，驱域中尽归力穑，示天下弗复用兵。"则平淮西、一天下，已见于此赋矣。

范文正公作《金在镕赋》云："倪令区别妍媸，愿为轩鉴；若使削平祸乱，请就干将。"则公负将相器业、文武全才，亦见于此赋矣。公又为《水车赋》，其末云："方今圣人在上，五日一风，十日一雨，则斯车也，吾其不取。"意谓水车唯施于旱岁，岁不旱则无所施，则公之用舍进退亦见于此赋矣。盖公在宝元、康定间遇边鄙震耸，则骤加进擢，及后晏静，则置而不用，斯亦与水车何异。

王沂公《有物混成赋》云："不缩不盈，赋象宁穷于广狭；匪雕匪斫，流形罔滞于盈虚。"则宰相陶钧运用之意，已见于此赋矣。又云："得我之小者，散而为草木；得我之大者，聚而为山川。"则宰相择任群材，使小大各得其所，又见于此赋矣。

　　宋莒公兄弟平时分题课赋，莒公多屈于子京，及作《鸷鸟不双赋》，则子京去兄远甚，莒公遂擅场。赋曰："天地始肃，我则振羽而独来；燕鸟焉知，我则凌云而自致。"又曰："将翱将翔，讵比海鹣之翼；自南自北，若专霜隼之诛。"则公之特立独行，魁多士、登元宰，亦见于此赋矣。

春 渚 纪 闻

［宋］何　薳　撰

钟振振　校点

校 点 说 明

　　《春渚纪闻》十卷,宋何薳撰。薳字子楚,见宋张邦基《墨庄漫录》、洪迈《容斋随笔》。清厉鹗《宋诗纪事》言其字子远,未详何据。浦城(今属福建)人。其父去非,字正臣。以知兵,于神宗元丰、哲宗元祐间任武学博士,奉旨校正古代兵书。又以文章受知于苏轼,尝为表荐于朝。卒葬富阳(今属浙江)韩青谷。薳乃卜筑韩青,以保先茔,自号韩青老农。其生活年代,约在哲宗、徽宗、钦宗、高宗四朝,即北宋末、南宋初。他博学多闻,工诗,喜鼓琴。隐居未仕,优游山林,浙人比之于林逋。《纪闻》约成书于南宋高宗绍兴年间,所谓"春渚"者,疑指富春渚,在富阳、桐庐(今属浙江)一带,为东汉高士严光渔隐之地。

　　是书多涉神怪方术及因果报应,荒诞不经,诚有不足取者。但时亦导人向善,又不可一概斥之。其卷四"宗威愍政事"条记宗泽当乱离之世尹开封,平抑物价以安百姓之事;卷五"唐子西论史"条记唐庚品第《史记》等四史书之优劣;卷六记述苏轼之遗文逸事;卷七记述诗词创作事略,考辨辞章句读正误;卷八、卷九记述有关古琴、墨、砚等艺文器物之事等,皆有相当的史料价值。

　　此次整理,系以《学津讨原》本为底本,又据别本改正了少量错字,不出校记。

目　录

卷一　杂记

木 果 异 事

元丰间,禁中有果名"鸭脚子"者,四大树皆合抱。其三在翠芳亭之北,岁收实至数斛,而托地阴翳,无可临玩之所。其一在太清楼之东,得地显旷,可以就赏,而未尝著一实。裕陵尝指而加叹,以谓事有不能适人意者如此,戒圃者善视之而已。明年一木遂花,而得实数斛。裕陵大悦,命宴太清以赏之,仍分颁侍从。又朝廷问罪西夏,五路举兵。秦凤路图上师行营憩形便之次,至关岭,有秦时柏一株,虽质干不枯,而枝叶略无存者。既标图间,裕陵披图顾问左右,偶以御笔点其枝间,而叹其阅岁之久也。后郡奏秦朝柏忽复一枝再荣。殿中有记当时奏图叹赏之语,私相耸异,以谓天人笔泽所加,回枯起死,便同雨露之施。昔唐明皇晓起苑中,时春候已深而林花未放,顾视左右曰:"是须我一判断耳。"亟命取羯鼓,鼓曲未终而桃杏尽开,即弃杖而诧曰:"是岂不以我为天公耶!"由是观之,凡为人君者,其一言动固自与造化密契,虽于草木之微,偶加眷瞩而荣谢从之,若响应声,况于升黜贤否,意所与夺,生杀贵贱之间哉!

祐 陵 符 兆

哲宗皇帝即位既久而皇嗣未立,密遣中贵往泰州天庆观问徐神公。公但书"吉人"二字授之。既还奏呈,左右皆无知其说者。又元符已来,殿庭朝会及常起居,看班舍人必秉笏巡视班列,惧有不尽恭者,连声云"端笏立"。继而哲宗升遐,徽宗即位,自端邸入承大统,而"吉人"二字合成潜藩之名,无小差。

定 陵 兆 应

信州白云山人徐仁旺尝表奏,与丁晋公议迁定陵事,仁旺欲用牛头山前地,晋公定用山后地,争之不可。仁旺乞禁系大理,以俟三岁之验。卒不能回。仁旺表有言山后之害云:"坤水长流,灾在丙午年内;丁风直射,祸当丁未年终。莫不州州火起,郡郡盗兴。"闻之者初未以为然,至后金人犯阙,果在丙午,而丁未以后,诸郡焚如之祸相仍不绝,幅员之内半为盗区,其言无不验者。

梦宰相过岭四人

蔡丞相持正为府界提举日,有人梦至一官府,堂宇高邃,上有具衮冕而坐者四人,旁有指谓之曰:"此宋朝宰相次第所坐也。"及仰视之,末乃持正也。既寤,了不解。至公有新州之命,始悟过岭宰相卢寇丁,至公为四也。其侄子口云。

两刘娘子报应

入内都知宣庆使陈永锡言:上皇朝,内人有两刘娘子。其一年近五旬,志性素谨,自入中年,即饭素诵经,日有程课,宫中呼为"看经刘娘子"。其一乃上皇藩邸人,敏于给侍,每上食,则就案析治脯脩,多如上意,宫中呼为"尚食刘娘子",乐祸而喜暴人之私。一日,有小宫嫔微忤上旨,潜求救于尚食,既诺之,而反从之下石。小嫔知之,乃多取纸笔焚之云:"我且上诉于天帝也。"即自缢而死。不逾月,两刘娘子同日而亡,时五月三日也。至舁尸出阁门棺敛,初举尚食之衾,而其首已断,旋转于地。视之,则群蛆丛拥,而秽气不可近。逮启看经之衾,则香馥袭人,而面色如生。于是内人知者皆稽首云:善恶之报,昭示如此,不可不为之戒也。

乱 道 侍 郎

元符间,宗室有以妾为妻者,因罢开府仪同三司及大宗正职事。蔡元长行词曰:"既上大宗之印,复捐开府之仪。"章申公谓曾子宣曰:"此语与'手持金骨之朵,身坐银交之椅'何异?"曾复顾申公曰:"顷时记得是有行侍御史词头云'爰迁侍御之史',不记得是谁。"申公顾许冲元曰:"此是侍郎向日乱道。"曾时为枢密,许为黄门也。

乌 程 三 魁

余拂君厚,霅川人也。其居在汉铜官庙后,溪山环合,有相宅者言此地当出大魁。君厚之父朝奉君云,与其善之于一家,不若推之于一郡。即迁其居于后,以其前地为乌程县学。不二三年,君厚为南宫魁,而莫俦、贾安宅继魁天下,则相宅之言为不妄。然君厚之家,不十年而朝奉君殁,君厚兄弟亦继殂谢,今无主祀者。则上天报施之理,又未易知也。

丑 年 世 科 第

先友提学张公大亨,字嘉甫,霅川人。先墓在弁山之麓,相墓者云,公家遇丑年有赴举者,必登高第。初未之信。熙宁癸丑,嘉甫之父通直公著登第。元丰乙丑,嘉甫登乙科。大观己丑,嘉甫之兄大成中甲科。重和辛丑,嘉甫之弟大受复中乙科。此亦人事、地理相符之异也。

张 无 尽 前 身

张无尽丞相为河东大漕日,于上党访得李长者古坟,为加修治,且发土以验之,掘地数尺,得一大盘石,石面平莹,无它铭款,独镌"天觉"二字。故人传无尽为长者后身。

坡 谷 前 身

世传山谷道人前身为女子，所说不一。近见陈安国省干云，山谷自有刻石记此事于涪陵江石间。石至春夏为江水所浸，故世未有模传者。刻石其略言：山谷初与东坡先生同见清老者，清语坡前身为五祖戒和尚，而谓山谷云："学士前身一女子，我不能详语。后日学士至涪陵，当自有告者。"山谷意谓涪陵非迁谪不至，闻之亦似愦愦。既坐党人，再迁涪陵，未几，梦一女子语之云："某生诵《法华经》而志愿复身为男子，得大智慧，为一时名人。今学士，某前身也。学士近年来所患腋气者，缘某所葬棺朽，为蚁穴居于两腋之下，故有此苦。今此居后山有某墓，学士能启之，除去蚁聚，则腋气可除也。"既觉，果访得之，已无主矣。因如其言，且为再易棺。修掩既毕，而腋气不药而除。

李偕省试梦应

李偕晋祖，陈莹中之甥也。尝言：其初被荐赴试南宫，试罢，梦访其同舍陈元仲，既相揖，而陈手执一黄背书，若书肆所市时文者，顾视不辍，略不与客言。晋祖心怒其不见待，即前夺其书曰："我意相念，故来访子，子岂不能辍书相语也？"元仲置书，似略转首，已而复视书如初。晋祖复前夺书而语之曰："子竟不我谈，我去矣！"元仲徐授其书于晋祖曰："子无怒我乎视此，乃今岁南省魁选之文也。"晋祖视之，即其程文，三场皆在，而前书云"别试所第一人李偕"。方欲更视其后，梦觉，闻扣户之声，报者至焉。后刊新进士程文，其帙与梦中所见无纤毫异者。

马魁二梦证应

马魁巨济之父，既入中年未得子，母为置妾媵。偶获一处子，质色亦稍姝丽，父忻然纳之。但每对镜理发即避匿，如有沮丧之容。父密询其故，乃垂泣曰："某父守官某所，既解官，不幸物故，不获归葬乡里。母乃见鬻，得直将毕葬事。今父死未经卒哭，尚约发以白缯，而以绛彩蒙之，惧君之见耳，无他故也。"涓父恻然，乃访其母，以女归之，且为具舟，载其资装遣之。是夕，涓母梦羽人告之云："天赐尔子，庆流涓涓。"后生巨济，即以涓名之。涓既赴御试毕，梦人告之曰："子欲及第，须作十三魁。"涓历数其在太学及预荐送，止作十二魁，心甚忧之。殆至赐第，则魁冠天下，果十三数也。

贡 父 马 谑

刘贡父初入馆，乃乘一骡马而出。或谓之曰："此岂公所乘也？亦不虑趋朝之际有从群者，或致奔蹍之患耶？"贡父曰："诺，吾将处之也。"或曰："公将何以处之？"曰："吾令市青布作小褾，系之马后耳。"或曰："此更诡异也。"贡父曰："奈何！我初幸馆阁之除，不谓俸入不给桂玉之用，因就廉直取此马以代步，不意诸君子督过之深，姑为此以掩言者之口耳，有何不可？"

种 柑 二 事

东坡先生《惠州白鹤峰上梁文》云："自笑先生今白发，道旁亲种两株柑。"时先生六十二岁也，意谓不十年不著子，恐不能待也。章申公父银青公俞，年七十，集宾亲为庆会。有饷柑者，味甘而实极瑰大。既食之，即令收核种之后圃。坐人窃笑盖七八也。后公食柑十年而终。

元参政香饭

　　陈秀公丞相与元参政厚之同日得疾,陈忽寄声问元安否,曰:"参政之疾,当即痊矣。某虽小愈,亦非久世者。"续请其说,秀公曰:"某病中梦至一所,金碧焕目,室间罗列瓮器甚多,上皆以青帛冪之,且题曰'元参政香饭'也。某问其故,有守者谓某曰:'元公自少至老,每食度不能尽,则分减别器,未尝残一食也。此瓮所贮,皆其余也。世人每食不尽,则狼籍委弃,皆为掠剩所罚至于减算夺禄,无有免者。今元公由此,当更延十年福算也。'"后数月而秀公薨,元果安享耆寿。其孙中大公绍直云。

杨文公鹤诞

　　杨文公之生也,其胞荫始脱,则见两鹤翅交掩块物而蠕动。其母急令密弃诸溪流,始出户而祖母迎见,亟启视之,则两翅欻开,中有玉婴转侧而啼。举家惊异非常器也。余宣和间于其五世孙德裕家,见其八九岁时病起谢郡官一启,属对用事如老书生,而笔迹则童稚也。

了斋排蔡氏

　　陈莹中为横海军通守,先君与之为代,尝与言蔡元长兄弟。了翁言:"蔡京若秉钧轴,必乱天下!"后为都司,力排蔡氏之党。一日朝会,与蔡观同语,云:"公大阮真福人!"观问何以知之,了翁曰:"适见于殿庭,目视太阳久之而不瞬。"观以语京,京谓观曰:"汝为我语莹中,既能知我,何不容之甚也?"观致京语于陈了翁,徐应之曰:"射人当射马,擒贼当擒王。"观默然。后竟有郴州之命。

姚　麟　奏　对

姚麟为殿帅,王荆公当轴,一日折简召麟,麟不即往。荆公因奏事白之裕陵。裕陵询之,麟对曰:"臣职掌禁旅,宰相非时以片纸召臣,臣不知其意,故不敢擅往。"裕陵是之。又有语麟驭下过严者,裕陵亦因事励之。麟恐伏而对曰:"诚如圣训。然臣自行列蒙陛下拔擢,使掌卫兵于殿庭之间,此岂臣当以私恩结下为身计耶!"裕陵是之。

李右辖抑神致雨二异

李右辖公素初为吉州永丰尉,夜梦二神赴庭,一神秉牒见诉云:"某,县境地神也。被邻邑地神妄生威福,侵境以动吾民,民因为大建祠宇,日餍牲牢之奉,某之祠香火不属也。以公异日当宰衡天下,故敢求决于公。"公素为折邻神越疆之罪,二神拜伏而出。既觉,闻报新祠火起,神座一爇而尽。又大观间公自工部郎中出典泗州,是岁淮甸久不雨,至于苗谷焦垂,郡幕请以常例启建道场,祷于僧伽之塔。公曰:"唯。容作施行。"郡民悯雨之心,晨夕为迟,而至旬日,略无措置事件。殆至父老扣马而请,及怨讟之言盈于道路。往来亲旧与寮属,乘间委曲言者再三。公但笑答曰:"某忝领郡寄,凶旱在某之不德,无日不念也。且容更少处之。"一日晨起视事毕,呼郡吏:只今告报塔下,具佛盘,启建请雨道场,仍报郡官,俱诣行香,且各令从人具雨衣从行。一郡腹诽,以为狂率。既至塔下,焚香致敬讫,复令具素饭,留郡官就食,待雨而归。饭罢,烈日如焚。公再率郡寮诣僧伽前,炷香默祷者久之,休于僧寺。须臾,雷起南山,甘泽倾注。举郡欢呼,集香花,迎拥公车还郡而散。一雨三日,千里之外蒙被其泽。时郡倅曾绂帅郡官贺雨之次,密以前日公漫不省众请,而一出便致霈泽如宿约者,何谓也?公徐语之曰:"某自两月前,意念天久不雨,必为秋田之害,即于治事厅后斋居饭素,取僧伽像,严洁致供,晨夕祈祷,非不尽诚。前夕忽梦僧伽见过，具言：'上帝以此方之民罪罚至重，敕龙镇水，老僧晨夕享公诚祷，特于帝前，以公罪己忧岁之心陈于帝，今已得请，来日幸下访，当以随车为报也。'某拜谢再三，既觉，知普照王非欺我者，遂决意帅诸公同诣塔下，焚祷俟之，无他异也。"

生　魂　神

余尝与许师正同过平江，夜宿村墅，闻村人坎鼓群集为赛神之会，因往视之。神号陆太保者，实旁村陆氏子，固无恙也。每有所召，则其神往，谓之"生魂神"。既就享，村人问疾，虽数百里，皆能即至其家，回语患人状。师正之室余氏，归雪川省其母，忽得疾。师正忧之，因祷神往视以验之。神应祷而去，须臾还曰："我至汝妇家，方洁斋请僧诵《法华经》—作"僧逮法华者"。施戒。诸神满前，皆合爪以致肃敬，我不得入。顷刻，邻人妇来观，前炳二烛，乃是牛脂所为，但闻血腥迎鼻，而诸神惊唾而散。我始敢前。病人能啜少粥，自此安矣。"余与师正始未深信，及归验之，皆如其言，因相戒以脂为烛云。

卷二 杂记

天绘亭记

昭州山水佳绝，郡圃有亭名天绘。建炎中，吕丕为守，以"天绘"近金国年号，思有以易之。时徐师川避地于昭，吕乞名于徐。久而未获，复乞于范滋，乃以"清辉"易之。一日，徐策杖过亭，仰视新榜，复得亭记于积壤中，亟使涤石视之，乃丘濬寺丞所作也。其略云：余择胜得此亭，名曰"天绘"，取其景物自然也。后某年某日，当有俗子易名"清辉"，可为一笑。考范易名之日，无毫发差也。

赤天魔王

蒋颖叔为发运使，至泰州，谒徐神公，坐定了无言说，将起，忽自言曰："天上也不静，人世更不定叠！"蒋因扣之，曰："天上已遣五百魔王来世间作官，不定叠！不定叠！"蒋复扣其身之休咎，徐谓之曰："只发运亦是一赤天魔王也。"

二富室疏财

宣和间，朝廷收复燕、云，即科郡县敷率等第出钱，增免夫钱。海州怀仁县杨六秀才妻刘氏，夫死，独与一子俱，而家素饶于财。闻官司督率严促，而贫下户艰于输纳，即请于县，乞以家财十万缗以免下户之输。县令欣然从之，调夫辇运数日，尽空其库藏者七间。因之扫治，设佛供三昼夜。既毕，明旦视之，则屋间之钱已复堆垛盈满，数之正十万缗，而皆用红麻为贯，每五缗作一絭，絭首必有一小木牌，上书"麻青"二字。观者惊异，莫知其然。或有释之者曰：如闻青州麻员外家至富，号"麻十万"家，岂非神运其钱至此耶？刘氏因密令人往青州踪迹之，果有州民麻氏，其富三世，自其祖以钱十万镇库，而未尝用也。一夕失之，不知所往。刘氏即专人致殷勤于麻氏，请具舟车，复归此钱。麻惊嗟久之，而遣介委曲附谢云："吾家福退，钱归有德，出于天授。今复往取，违天理而非人情，不敢祇领也。"刘氏知其不可，曰："我既诚输此钱以助国用，岂当更有之？"即散施贫民及助修佛道观宇，一钱不留于家，家益富云。昔唐明皇顾视一龙横亘南山，而首尾皆具，询之左右侍臣，或有见有否者。所见者俱止见龙之一体，未见全龙也。帝曰："朕闻至富可敌至贵。"令召王元宝视之。元宝奏称所见，与帝一同。然则所谓富家大室者，所积之厚，其势可以比封君，而钱足以使鬼神，则于剥取之道，唯恐无间。若二家之视十万缗之积，于天授人与之际，其处之如此，盖有可嘉者。

后土词渎慢

　　金陵邵衍字仲昌，笃实好学，终老不倦，年八十二，以大观四年五月十五日无疾而终。临终时，一日顾谓其甥黄子文曰："老子明日与甥诀矣。畴昔之夜，梦黄衣人召至一官府，侍卫严肃，据案而坐者冠服类王者，谓余曰：'世传后土词渎慢太甚，汝亦藏本何也？'即命黄衣人复引余过数城阙，止一殿庭。余旁视殿庑，金碧夺目，但寂不闻人语声。须臾，帘间忽有呼邵衍者，曰：'帝命汝为圆真相，俾汝禁绝世所传后土词，当何以处之'？余对以传者应死。呼者曰：'可也，仍即日莅职。'余拜命出门，足蹶而觉。所梦极明了，亦欲吾家与甥知此词之不可复传。志之志之！"子文未之深信。翌日凌晨往视之，衍谓子文曰："甥更听吾一颂。"即举声高唱曰："虽然万事了绝，何用逢人更说。今朝拂袖便行，要趁一轮明月。"言讫而终。子文，余侄婿也，余亦素与仲昌游云。

沈晦梦骑鹏抟风

沈晦赴省，至天长道中，梦身骑大鹏，抟风而上，因作《大鹏赋》以记其事。已而果魁天下。

吴观成二梦首尾

儒林郎吴说字观成，始为青阳县丞。江西贼刘花三挟党暴掠，所在震惊。吴时被檄捕贼，梦肩舆始出，而回视其后，皆无首矣。心甚恶之，意谓贼必入境。已而获于他郡，观成即解官而归。至临安，会富阳宰李文渊以忧去郡，以吴摄邑事。月余，清溪贼方腊引众出穴，官军不能拒。吴有去官意，而素奉北方真武香火，即诚祷乞梦，以决去留。至晚，梦一黄衣人云：上司有牒。吴取视之，则空纸耳。逮覆纸视之，纸背有题云"富阳知县第一将"。既觉，思之曰："吾祷神去留，而以'第一将'为言，岂不当去此，更合统兵前锋拒贼否？"已而县民逃避者十七八，吴引狱囚疏决，始讯问次，贼已奄至，急匿小舟泛江得免。其从者半为贼杀，则前在青阳时梦视后无首者验也。后官军既平贼，而郡县避贼官吏俱从安抚司克复之功，尽获还任。吴适丁母忧，不能从也。既行赏黜，而有司莫能定罪，即具奏裁。有旨：县官临贼擅去官守，例同将官擅去营陈，法除名编置邻郡。同例者六人，富阳系第一人。始悟"第一将"之告云。

风和尚答陈了斋

金陵有僧，嗜酒佯狂，时言人祸福，人谓之"风和尚"。陈莹中未第时，问之云："我作状元否？"即应之曰："无时可得。"莹中复谓之曰："我决不可得耶？"又应如初。明年，时彦御试第一人，而莹中第二，方悟其言"无时可得"之说。

毕 斩 赵 谂

毕渐为状元，赵谂第二。初唱第而都人急于传报，以蜡刻印“渐”字所模点水不着墨，传者厉声呼云：“状元毕斩，第二人赵谂。”识者皆云不祥。而后谂以谋逆被诛，则是“毕斩赵谂”也。

霍端友明年状元

毗陵李端行与乡人霍端友，同在太学，时霍四十余矣，一日倦卧，忽起坐微笑。端行询之，霍云：“我适睡，闻窗外有人云‘霍端友于明年作状头’，故自笑也。”端行素轻之，因谓之曰：“尔迟暮至此，得一第幸甚。若果为大魁，则何天下之才之如此也。”既而二人俱中礼部选。御试唱第之次，端行志锐意望魁甲，即前立以候胪传。忽闻唱“霍端友”，而色若死灰矣。

预传汪洋大魁

汪洋未唱第十日前，余于广坐中，见中贵石企及甫云：“外间皆传‘汪洋作状元’，何也？”至考卷进御，汪洋在第二，魁乃黄中，以有官人奏取旨。圣语云：科第本以待布衣之士。即以洋为魁。

黄 涅 槃 谶 语

黄公度，兴化人。既为大魁，郡人同登第者几三十人。余一日于江路茶肆小憩，继一士人坐侧，因揖之，且询其乡里。云：兴化落第人也。余因谓之曰：“仙里既今岁出大魁，而登科之数复甲天下，是可庆也。”其人叹息曰：“昔黄涅槃有谶语云：‘拆了屋，换了椽，朝京门外出状元。’初徐铎振文作魁时，改建此门。近军贼为变，城门焚毁，太守复新四门，而此门尤增崇丽。黄居门外区市中，而左右六人同遇，虽一时盛事，亦皆前定，非人力所能较也。"

梦 中 前 定

江淮发运使卢秉，元祐初发解赴阙，至泗州，夜梦肩舆诣郡守而回，过漕司，有顶帽执楖而督视工役丹饰门墙者，问之，云修此以俟新官也。卢曰："新官为谁？"执楖者厉声而对曰："卢秉。"秉意甚怒其以名呼，既觉，以语其室，亦云："我亦梦君得此官，即入新宇，而二小女在舆前。尝闻入新舍恐有所犯，小儿不可令前，因呼令后。即梦觉。"继晓未及盥濯，而郡将公文一角至，即除卢领大漕事。急遽交职而趋漕衙，所监视执楖者与其室呼女之事，皆与梦无差也。

银 盘 贮 首 梦

余杭裴豹隐尝为余言：建炎己酉秋，诏檄自建康至临安昌化县，与县宰鲁士元坐教场按阅士兵。士元云：畴昔之夜，梦身乘大舟，满舟皆人首也，内有银盘贮数首者。同舟人云，系今次第一纲也。士元熟视银盘中首，内一首乃乡人钱塘令朱子美之首也。士元因戏谓豹隐曰："如闻北寇将欲南犯。若豕突南渡，则子美将不免矣。"十一月，士元暴卒。旅榇归安吉，未及葬，十二月九日，虏寇东至，贼发士元之柩，掠取衣衾，暴尸于外。明年二月，始闻子美初报贼至，弃县先遁村落，为乡兵所杀。则银盘之贮不可逃。士元同舟，虽不为兵死，亦是一会中同舟之人。而银盘所贮，又不知有何甄别也。

金 刚 经 二 验

湖州安吉县沈二公者，金寇未至，梦一僧告之曰："汝前身所杀，冤报至矣。汝家皆可远避，汝独守舍，见有一人长大，以刀破门而入者，汝无惧，即语之曰：'汝是燕山府李立否？'但延颈受刃。俟其不杀，则前冤解矣。"不数日，金人奄至，其家先与邻人窜伏远山，二公者虽欲往不可得也。因坐其家,视贼之过。明日,果有一少年破门而入,见公怒目以视。沈安坐不动,仰视之曰:"汝非燕山府李立耶?"其人收刃视之,曰:"我未杀汝,汝安知我姓名、乡里如是之详也?"沈告以梦。李方叹息未已,顾案间有佛经一帙,问沈曰:"此何经也?"沈曰:"是我日诵《金刚经》也。"李曰:"汝诵此经何时也?"曰:"二十年矣。"李即解衣,取一竹筒,中出细书《金刚经》一卷,指之曰:"我亦诵此经五年矣。然我以前冤报汝,汝后复杀我,冤报转深,何时相解?今我不杀汝,与结为义兄弟。汝但安坐无怖,我留为汝护。"至三日,贼尽过,取资粮金帛与之而去。又方腊据有钱塘时,群贼散捕官吏,惨酷害之。有任都税院者,其家居祥符寺之北,远府十里,每晓起赴衙集,即道中暗诵《金刚经》,率得五卷,二十年不废。贼七佛子者执之,令众贼射于郡圃。任知不免,但默诵经不辍。而前后发矢数百,无一中其体者。贼惊问之,疑有他术。语以诵经之力,贼皆合爪叹息。释之,且戒余贼勿得复犯其居也。至今犹在,年八十余矣。

金甲撞钟梦

建安徐国华,宣和间,将入太学,梦高楼中悬大金钟,有金甲人立钟旁,视国华,击钟而言曰:"二十七甲。"复一击云:"系第七科。"国华悟而心私喜之曰:"吾此行,取一科第必矣。官不过郎列,亦何所憾也。"因记于书帙之末。独不晓其"二十七甲"与"系第七科"之语。既而丙午年金寇犯阙,太学生病脚气而死者大半。徐以病终,乡人董纵举为棺殓葬于东城墓园。至即垣中已无葬穴,后至者俱葬垣外。董因记其葬所,冀后日举归里中。数其行列,则第二十七行中第七穴也。归暗其父,且出其手书,神告与葬所略无少差者。

龙神需舍利经文

涵山令李兖伯源,余妻之内兄也。宣和间,侍其季父仲将为广东宪,解秩由江道还楚。舟过小孤,风势虽便而篙橹不进,即与季父焚香龙以祈安济，当致牢醴之谢。乞签不获。旁有言者曰：龙知还自番禺，或有犀珠之要。顾视行李，实无所携，独有番琉璃贮佛舍利百余，供事奕世矣。因以启龙，一掷而许。伯源乃跪船舷，以瓶下投，而水面忽大开裂，顾见其间神鬼百怪，宝幢羽盖，鸣螺、击鼓钹、执金炉迎导者甚众，而不沾湿。一人拱手上承，舍利既下，水即随合。舟舵轻扬，转首之间，已行百里矣。又阁门宣事陈安上言：元丰初，安焘厚卿、陈睦和叔二学士奉使三韩，济海舟中安贮佛经及所过收聚败经余轴，以备投散。放洋之二日，风势甚恶，海涛忽大汹涌，前后舟相失。后舟载者俱见海神百怪，攀船而上，以经轴为求。先举轴付之。继来者众，度不能给，即拆经，随纸付之。又度不给，则剪经行与之，至剪经字。而得一字之授者，莫不顶戴忻悦而去。字又随尽，独余一鬼，恳求甚切，云："都纲某所顶之帽，愿以丐我也。"舟人询其由，云此人尝赴传经之集，是帽戴经久矣，此有大功德也。亟取付之，称谢而去。指顾之间，风涛恬息，即安行。晚与前舟相及，往还皆获安济焉。

龙 蜕 放 光

横海清池县尉张泽，居于郓州东城，夜自庄舍还，而月色昏暗，殆不分道。行遇道旁木枝煜然有光，因折以烛路。至家插壁间，醉不复省也。晨起怪而取视，则枝间一龙蜕，才大如新蝉之壳，头角爪尾皆具，中空而坚，扣之有声如玉石，且光莹夺目，遇暗则光烛于室。遂宝之于家，传玩好事。沈中老云，绍圣间从其兄为青州幕官，因修庭前葡萄架，亦得一蜕，形体皆如张者，独无光彩耳。神龙变化，故无巨细，但不知有光无光又何谓也。

瓦 缶 冰 花

宣义郎万延之，钱塘南新人，刘辉榜中乙科释褐。性素刚，不能屈曲州县，中年拂衣而归。徙居余杭，行视苦雪陂泽可为田者即市之。遇岁连旱，田围大成，岁收租入数盈万斛。常语人曰："吾以'万'

为氏，至此足矣。"即营建大第，为终焉之计。家蓄一瓦缶，盖初赴铨时遇都下铜禁严甚，因以十钱市之，以代沃盥之用。时当凝寒，注汤颒面，既覆缶出水，而有余水留缶，凝结成冰。视之，桃花一枝也。众人观异之，以为偶然。明日用之，则又成开双头牡丹一枝。次日又成寒林满缶，水村竹屋，断鸿翘鹭，宛如图画远近景者。自后以白金为护，什袭而藏，遇凝寒时，即预约客，张宴以赏之，未尝有一同者，前后不能尽记。余与赏集数矣。最诡异者，上皇登极，而致仕官例迁一秩，万迁宣德郎。诰下之日，适其始生之晨，亲客毕集，是日复大寒，设缶当席，既凝冰成象，则一山石上坐一老人，龟鹤在侧，如所画寿星之像。观者莫不咨嗟叹异，以为器出于陶，革于凡火，初非五行精气所钟，而变异若此，竟莫有能言其理者。然万氏自得缶之后，虽复资用饶给，其剥下益甚。后有诱其子结婚副车王晋卿家，费用几二万缗而娶其孙女，奏补三班借职。延之死，三班亦继入鬼录，余资为王氏席卷而归。二子日就沦替，今至寄食于人。众始悟万氏之富，如冰花在玩，非坚久之祥也。后归蔡京家云。

正透翔龙犀

都下犀玉工董进，项有一瘤瘿，其辈行止以"董吃提"呼之。一日，御药郝随呼至其第，出数犀示之。内指一犀曰："此犀大异余常物也。"郝语之曰："汝先名其中物状为何。"董曰："不知此犀曾经众工审定否？"郝曰："众工皆具名状，供证已毕，独候汝，以验汝之精识也。"即尽出众所供具，凡三十余状。董阅毕，内指一工所供云："是正透牙鱼者。"且言："不意此人目力至此！以进观之，乃一翔龙，所恨者左角短耳。"郝未诚其言，亦大异之，即令具军令状，云："若果如所供，当为奏赏。"盖御库所藏先朝物，有旨令解为带也。剖成，则尽如所言。即以进御。哲庙大嘉赏之，锡赐之外，更以太医助教补之。

刘仲甫国手棋

棋待诏刘仲甫初自江西入都,行次钱塘,舍于逆旅。逆旅主人陈余庆言:仲甫舍馆既定,即出市游,每至夜分方扣户而归,初不知为何等人也。一日晨起,忽于邸前悬一帜云:"江南棋客刘仲甫,奉饶天下棋先。"并出银盆、酒器等三百星,云以此偿博负也。须臾,观者如堵,即传诸好事。翌日,数土豪集善棋者会城北紫霄宫,且出银如其数,推一棋品最高者与之对手。始下至五十余子,众视白势似北;更行百余棋,对手者亦韬手自得,责其夸言,曰:"今局势已判,黑当赢矣。"仲甫曰:"未也。"更行二十余子,仲甫忽尽敛局子。观者合噪曰:"是欲将抵负耶?"仲甫袖手,徐谓观者曰:"仲甫江南人,少好此伎,忽似有解,因人推誉,致达国手。年来数为人相迫,欲荐补翰林祗应。而心念钱塘一都会,高人胜士,精此者众,棋人谓之一关。仲甫之艺若幸有一着之胜,则可前进。凡驻此旬日矣。日就棋会观诸名手对弈,尽见品次矣,故敢出此标示,非狂僭也。"如某日某局,白本大胜,而失应棋着;某日某局,黑本有筹,而误于应劫,却致败局。凡如此覆十余局,观者皆已愕然,心奇之矣。即覆前局,既无差误,指谓众曰:"此局以诸人视之,黑势赢筹,固自灼然。以仲甫观之,则有一要着,白复胜,不下十数路也。然仲甫不敢遽下,在席高品幸精思之,若见此者,即仲甫当携孥累还乡里,不敢复名棋也。"于是众棋极竭心思,务有致胜者。久之,不得已而请仲甫尽着。仲甫即于不当敌处下子,众愈不解。仲甫曰:"此着二十着后方用也。"即就边角合局,果下二十余着正遇此子,局势大变。及敛子排局,果胜十三路。众观于是始伏其精,至尽以所对酒器与之,延款十数日,复厚敛以赆其行。至都,试补翰林祗应,擅名二十余年,无与敌者。

祝不疑弈胜刘仲甫

近世士大夫棋,无出三衢祝不疑之右者。绍圣初,不疑以计偕赴礼部试。至都，为里人拉至寺庭观国手棋集。刘仲甫在焉。众请不疑与仲甫就局。祝请受子，仲甫曰："士大夫非高品不复能至此，对手且当争先，不得已受先。"逮至终局，而不疑败三路。不疑曰："此可受子矣。"仲甫曰："吾观官人之棋，若初分布，仲甫不能加也，但未尽着耳。若如前局，虽五子可饶，况先手乎?"不疑俯笑，因与分先。始下三十余子，仲甫拱手曰："敢请官人姓氏与乡里否?"众以信州李子明长官为对。刘仲甫曰："仲甫贱艺，备乏翰林，虽不出国门，而天下名棋无不知其名氏者。数年来，独闻衢州祝不疑先辈名品高着，人传今秋被州荐来试南省，若审其人，则仲甫今日适有客集，不获终局，当俟朝夕，亲诣行馆，尽艺祇应也。"众以实对。仲甫再三叹服，曰："名下无虚士也。"后虽数相访，竟不复以棋为言，盖知不敌，恐贻国手之羞也。

张鬼灵相墓术

张鬼灵，三衢人，其父使从里人学相墓术，忽自有悟见，因以"鬼灵"为名。建中靖国初至钱塘，请者踵至。钱塘尉黄正一为余言：县令周君者，括苍人，亦留心地理，具饭延款，谓鬼灵曰："凡相墓，或不身至，而止视图画，可言克应否?"鬼灵曰："若方位山势不差，合葬时年月，亦可言其粗也。"因指壁间一图问之。鬼灵熟视久之，曰："据此图，墓前午上一潭水甚佳，然其家子弟若有乘马坠此潭，几至不救者，即是吉地，而发祥自此始矣。"令曰"有之"。鬼灵曰："是年，此坠马人必被荐送，次年登第也。"令不觉起，握其手曰："吾不知青乌子、郭景纯何如人也，今子殆其伦比耳。是年春祀，而某乘马从之，马至潭仄，忽大惊跃，衔勒不制，即与某俱坠渊底，逮出，气息而已。是秋发荐，次年叨忝者，某是也。"蔡靖安世，先墓在富春白升岭。其兄宏延鬼灵至墓下，视之，谓宏："此墓当出贵人，然必待君家麦瓮中飞出鹌鹑，为可贺也。"宏曰："前日某家卧房米瓮中忽有此异，方有野鸟入室之忧。"鬼灵曰："此为克应也。君家兄弟有被魁荐者，即是贵人也。"是秋，安世果为国学魁选。鬼灵常语人曰："我亦患数促，非久居世者，但恨无人可授吾术矣。"后二岁果殁，时年二十五矣。

谢石拆字

　　谢石润夫，成都人，宣和间至京师，以相字言人祸福。求相者但随意书一字，即就其字离拆而言，无不奇中者。名闻九重，上皇因书一"朝"字，令中贵人持往试之。石见字，即端视中贵人曰："此非观察所书也。然谢石贱术，据字而言，今日遭遇，即因此字；黥配远行，亦此字也。但未敢遽言之耳。"中贵人愕然，且谓之曰："但有所据，尽言无惧也。"石以手加额曰："'朝'字离之为十月十日字，非此月此日所生之天人，当谁书也？"一座尽惊。中贵驰奏，翌日召至后苑，令左右及宫嫔书字示之，皆据字论说祸福；俱有精理。锡赉甚厚，并与补承信郎。缘此四方来求相者，其门如市。有朝士，其室怀妊过月，手书一"也"字，令其夫持问石。是日座客甚众，石详视字，谓朝士曰："此阁中所书否？"曰："何以言之？"石曰："谓语助者，焉、哉、乎、也。固知是公内助所书。尊阁盛年三十一否？"曰："是也。""以'也'字上为'三十'，下为'一'字也。然吾官人寄此，当力谋迁动而不可得否？"曰："正以此为挠耳。""盖'也'字着'水'则为'池'，有'马'则为'驰'，今'池'运则无'水'，陆'驰'则无'马'，是安可动也！又尊阁父母兄弟，近身亲人，当皆无一存者。以'也'字着'人'则是'他'字，今独见'也'字而不见'人'故也。又尊阁其家物产亦当荡尽否？以'也'字着'土'则为'地'字，今又不见'土'也。二者俱是否？"曰："诚如所言也。"朝士即谓之曰："此皆非所问者。但贱室以怀妊过月，方切忧之，所以问耳。"石曰："是必十三个月也。以'也'字中有'十'字，并两旁二竖，下一画，为十三也。"石熟视朝士，有曰："有一事似涉奇怪，因欲不言，则吾官人所问，正决此事，可尽言否？"朝士因请其说。石曰："'也'字着'虫'为'虵'字，今尊阁所妊，殆蛇妖也。然不见虫蛊，则不能为害。谢石亦有薄术，可为吾官人以药下验之，无苦也。"朝士大异其说，因请至家，以药投之，果有数小蛇而体平。都人益共神之，而不知其竟挟何术也。

雍邱驱蝗诗

米元章为雍邱令，适旱蝗大起，而邻尉司焚瘗后，遂致滋蔓，即责里正并力捕除。或言尽缘雍邱驱逐过此，尉亦轻脱，即移文载里正之语，致牒雍邱，请各务打扑，收埋本处地分，勿以邻国为壑者。时元章方与客饭，视牒大笑，取笔大批其后付之，云："蝗虫元是空飞物，天遣来为百姓灾。本县若还驱得去，贵司却请打回来。"传者无不绝倒。

中霤神

中霤之神，实司一家之事而阴佑于人者，晨夕香火之奉，故不可不尽诚敬。余少时过林棣赵倅家，见其庄仆陈青者，睡中多为阴府驱令收摄死者魂识，云：每奉符至追者之门，则中霤之神先收讯问，不许擅入。青乃出符示之，审验反覆得实，而后颦蹙而入。青于门外呼死者姓名，则其神魂已随青往矣。其或有官品崇高之人，则自有阴官迎取，青止随从而已。建安李明仲秀才山居，偶赴远村会集，醉归侵夜，仆从不随，中道为山鬼推堕涧仄。醉不能支，因熟睡中，其神径还其家。见母妻于烛下共坐，乃于母前声喏，而母略不之应；又以肘撞其妇，亦不之觉。忽见一白髯老人自中霤而出，揖明仲而言曰："主人之身今为山鬼所害，不亟往则真死矣。"乃拉明仲自家而出，行十里许，见明仲之尸卧涧仄，老人极力自后推之，直呼明仲姓名。明仲忽若睡醒，起坐惊顾，而月色明甚，乃扶路而归，至家已三鼓矣。乃语母妻其故，晨起率家人具酒醴，敬谢于神云。又朝奉郎刘安行，东州人，每遇啜茶，必先酹中霤神而后饮。一夕忽梦一老人告之曰："主人禄命告终，阴符已下，而少迟之，幸速处置后事，明日午时，不可逾也。"刘起拜老人，且询其谁氏，曰："我主人中霤神也。每承主人酹茶之荐，常思有以致效，今故奉报也。"刘既悟，点计其家事，且语家人神告之详，云："生死去来，理之常也。我自度平生无大过恶，独有一事，吾家厨婢采蘋者，执性刚戾，与其辈不足，若我死，必不能久留我家，出外则必大狼狈。今当急与求一亲，使之从良，且有所归，则我瞑目矣。"因呼与白金十星，以为资遣。语毕，沐浴易服以俟。时至过午，忽觉少倦，就憩枕间，复梦其神欣跃而告曰："主人今以嫁遣厨婢之事，天帝嘉之，已许延一纪之数矣。"已而睡起安然，后至宣和间，无病而卒。

卷三 杂记

乖 崖 剑 术

祝舜俞察院言：其伯祖隐居君与张乖崖公居处相近，交游最密，公集首编《寄祝隐居》二诗是也。隐居东垣。有枣合拱矣，挺直可爱。张忽指枣谓隐居曰："子丐我，勿惜也。"隐居许之。徐探手袖间，飞一短剑，约平人肩，断枣为二。隐居惊愕，问之。曰："我往受此术于陈希夷，而未尝为人言也。"又一日，自濮水还家，平野间遥见一举子乘驴径前，意甚轻扬，心忽生怒。未至百步而举子驴避道，张因就揖，询其姓氏，盖王元之也。问其引避之由，曰："我视君昂然飞步，神韵轻举，知必非常人，故愿加礼焉。"张亦语之曰："我初视子轻扬之意，忿起于衷，实将不利于君。今当回宿村舍，取酒尽怀。"遂握手俱行，共话通夕，结交而去。

杨醇叟道术

余杭沈野字醇仲，权智之士也。喜蓄书画，颇有精识。尝于钱塘与一道士杨希孟醇叟相遇，喜其开爽善谈，即延与同邸而居。沈善谈人伦，而不知醇叟妙于此术也。时蔡元长自翰长黜居西湖，日遣人邀致醇叟。一日晚归，沈语杨曰："余尝观翰林风骨气宇皆足以贵，而定不入相。"杨徐曰："子目力未至。此人要如美玉琢成，百体完就，无一不佳者。是人当作二十年太平宰相在，但其终未可尽谈也。"杨复善笛，蓄铁笛，大如常笛，每酒酣必引笛自娱，听者莫不称善。一日与沈饮于娼楼，月色如昼，而笛素不从。客有举酒而言曰："今夕月色佳甚，杯觞之乐至矣，独恨不闻笛声也。"杨徐笑曰："俟令往取。"实无所遣也。酒再行，忽引袖出笛，快作数弄，座客皆不知笛所从来。徐扣之，云："小术耳。乃某左右常驱役吏鬼也，俾之取物，虽千里外可立待，但不可使盗取耳。子欲学之，当以奉授。然又有切于性命者，子不问何也？"沈始敬异之，择日焚香，跪请其术。且言："吾术断欲为先，子欲得之，当先誓于天尊像前，无不可者。"沈与一姓阚人同授盟戒，而行其教。阚未满百日而辄有所犯，即夜梦受杖于像前，晨起背发痛，数日而卒。既而杨辞以有行，沈问所之，杨亦知沈有河朔之游，云："我此行且先适淮南，子若北行过楚，幸访我于紫极宫。以八月十五日为约，逾期恐行止无定，不能再见也。"杨既行，而沈以事留，逮至楚，则九月初矣。径往紫极宫访之，了无所闻。回过殿角，有老道士坐睡，因揖以询杨之存亡。道士惊顾，对曰："左右与醇叟何处相期，且当约以何日也？"沈告之故。道士叹息而言曰："杨诚奇士奇士！左右之违来，惜较旬日之迟也。杨至此月余，一日无疾，焚香趺坐，与众道士语。久之，揖座人曰：'希孟今当有所适。然此行学道未竟，更当一来也。'语讫长啸而逝，正八月十五日也。今殡东城矣。"沈于是即观中设位，拜泣醮谢而后行。沈后亦不能毕行其所授而终。

王乐仙得道

道人王乐仙，或云潭州人。初为举子，赴试礼部，一不中，即裂冠从太一宫王道录行胎养之术，岁余勤至不怠。王云："我非汝师。相州天庆观李先生，汝师也。汝持我书访之，当有所授。"乐仙得书，径至汤阴求之，无有也。一日坐观门，有老道士见之，呼与语曰："子寻李先生，此去市口茶肆中候之。"果见赤目蓬首，携瓶至前瀹茶者，因揖之，便呼"李先生"。李佯惊曰："汝何人也？"乐仙探怀出王书授之。李微笑曰："王师乃尔管人闲事耶！此非相语处，三日黎明，候我于观门也。"乐仙辞谢而归。三日鸡鸣，坐门未久，李至，以手撩发，则两目煜然如岩电烛人。握手入观中，谓乐仙曰："汝刻心求道，而烧假银何也？"乐仙谢诚有，以备乏绝无告耳，然是干水银法，非若世人点铜为之，以误后人也。李探怀出银小铤："请以是易子所作，如何？"乐仙取以示之，范制轻重与李所授无异也。即令取油铛于前，投乐仙所作烹之，须臾粉碎还元，曰：“岂不误后人耶！”乐仙悔谢久之。李勉之曰：“知子不妄用，亦欲子知此术于子无益耳。我且归，后更就汝语也。”明日访之，主人云：凤昔折券而去，不云所适也。乐仙既踪迹数日，不复再见，乃西游党山中，寓一僧舍。主僧亦喜延客，因留止旬日。而主僧复善壬遁，旦日必焚香转式，以占一日之事。忽谓乐仙曰：“今日当有一大贵人临门。不然，亦非常之士见过。当与子候之。”并戒其徒扫室以待。至日欲入，略无贵达至者。忽远望林下有一举子，从羸童，负书箧竹筒而来。主僧揣之曰：“我所占贵人，岂此举子异日非常之兆耶？更当复占以验之。”即喜跃而出，谓乐仙曰：“贵者审此人也。”因相与迎门，延至客室，相语甚久。云姓蔡，尝举进士也。既而主僧请具饭，蔡曰：“某行李中亦自有薄具。二公居山之久，若不拘荤素，当可共享也。”即呼烛设席，命其僮于竹筒中出果实数种，既皆远方珍新。至倾酒樏，乐仙味之，元是潭州公厨十香酒也。酒行，筒中出三大煎鲑，鱼尚未冷。酒再行，又出三肉饼，亦若新出炉者。至余品，烧羊鹅炙，皆若公侯家珍馔，而取诸左右。笑语至夜半而罢。二公大异之，而不敢诘其所从至也。蔡继云：“某亦于此候一亲知罢官者，当与二公少周旋也。”日复一日，亦问及养炼事。乐仙心独喜之，亦意其有道者。至夕，主僧与仆从皆已熟寝，乐仙即炷香前拜而请其从来，即以先生礼之，且哀恳，言其罢举求道，了未有遇，愿赐怜悯，生死骨肉也。蔡徐笑曰：“我南岳蔡真人也。固知子栖心之久，更俟与子勘问之也。”乐仙稽首谢其垂接。次夕复扣户伺之，忽见一大人，膝与檐齐，而不见其面目，音响极厉云：“仙童万福。”投一白纸于蔡前，蔡取以示乐仙，曰：“与子勘问至矣。”纸间有书云：“某于十洲三岛究访，并无此人名籍。后捡蓬莱谪籍中，始见其名氏乡里也。某人供呈。”蔡语乐仙曰：“子无忧也。”因授以内丹真诀。数日别去，云：“汝有未解处，但焚香启我，我当自告汝也。”后乐仙闻通直郎章子才自九江弃官，迁居钱塘金地山，行符水救人疾苦，外丹已成，因南游过之。夜语及蔡真人事，取所授白纸示章。视其供呈人姓名，乃其法篆中六丁名字也，即炽炭于炉，取纸投之，炭尽而纸字如故。因相与惊异，且乞之以藏其家。乐仙既去，了不知所向，或传其解化矣。章亦数岁而终。将葬之夕,有一道人不言姓字,来护葬事,且留物以助其子。或疑是乐仙也。

啖蛇出虱身轻

沧州泥姑寨,循塘泺而至界河,与北寨相望。自乾宁军穿泺而往,止一径,每春初启蛰时,塘路群蛇横道,递送者甚苦之。寨卒有萧志者,为人性率,同侪多狎侮之。一日,当送檄文至郡,而有大蛇枕道,其首如瓮,两目煜然可畏也。既不敢前,即醉宿旁铺。铺卒夜以利刃杀蛇而脯之,至满数缶。萧醉醒,闻肉香甚,问安所从得。铺卒绐云,夜渔于海,得大鱼,方将共羹而食也。萧不待羹,取数脔就火燎食之,美甚。自郡回,因求其余。归食数日而尽,不知其为蛇也。食蛇之后,更不喜闻食气,但觉背膂间肿痒,至不可忍,时就树揩痒,疮破,中涌细虱,不知其数。时郡卒陆靖者适居寨中,与之助取余虱,计前后出虱数斗,痒止疮复。因憩树阴,见泺中鹤雏群戏,念欲取之,即身在鹤仄,揽雏而归。复视鹤巢,又念可登而取,即身已在树杪矣。寨卒视之,率皆惊异,以谓此人偶食成器之物,尽出尸虫而轻身自如,得地仙矣。因逃兵籍而去。

翊圣敬刘海蟾

真庙朝,有天神下降,凭凤翔民张守真为传灵语。因以翊圣封之,度守真为道士,使掌香火,大建祠宇奉之。自庙百里间,有食牛肉及着牛皮履靸过者,必加殃咎,至有立死者。一日,有人苎袍青巾,曳牛革大履,直至庙庭,进升堂宇,慢言周视而出。守真即焚香启神曰:"此人悖傲如此,而神不即殛之,有疑观听。"神乃降灵曰:"汝识此人否?实新得道刘海蟾也。诸天以今渐入末运,向道者少,上帝急欲度人,每一人得道,九天皆贺。此人既已受度,未肯便就仙职,折旋尘中,寻人而度,是其所得,非列仙之癯者。我尚不敢正视之,况敢罪之也!"

嘘 气 烧 肠

陈无求宣事云：尝赴鹤林寺供佛，既饭，有一举子，虽衣褐不完，而丰神秀颖，居于座末。主僧顾谓无求曰："此道人颇有戏术，今日告行，当薄赠之，且求其一戏为别也。"举子亦欣然，呼一僧雏，取碗器付之，令相去二丈余而立。举子谓之曰："我此嘘气，汝第张口受之。觉腹热，急言。不尔，当烧烂汝肠也。"言讫嘘气向之。须臾，僧雏觉肠间如沸汤倾注，乃大呼曰："热甚，不可忍！"因使溺碗中。举子徐举碗示座人曰："谁能饮此者？"举座秽唾之。乃大笑，举碗自饮，言别而去。明日僧雏遂大恶闻食气，日唯饮水数杯。月余出寺，不复见也。

仙 丹 功 效

余族兄次翁鼻间生一瘤，大如含桃，而惧其浸长，百方治之不差。行至襄阳，于客邸遇一道人，喜饮而日与周旋。临别，解衣出一小瓢如枣大，倾药如粟粒三，授次翁曰："汝夜以针刺瘤根，纳药针穴，明日瘤当自落。其二粒留以救奇疾也。"次翁如其言，因夜取针剔瘤根纳药。至夜半，但觉药粒巡瘤根而转，至晓扪之，则瘤已失去，取镜视之，了无瘢痕也。因大神之，秘其余药，不令人知。其女为儿时蹙倒，折齿不生。次翁取药纳齿根，一夕齿平。复因以水银一两置铫间，取药投之，则化为紫金。方知神仙所炼大丹也。

居 四 郎 丹

密院编修居世英彦实之父，人谓之"居四郎"者，遇异人，得丹灶术。常使一仆守火，岁久不懈，因度之为僧，居京师定历院几二十年。时曾子宣当轴，有堂吏通解可喜，其妇得急劳，数日而殂。继而病传堂吏，国医不能疗。吏与居素善，居视之云："应须我神丹疗之。"为启炉，取刀圭与服。十数日，即完复如初。出参丞相，子宣大惊云："汝非遇仙丹不能起此病!"吏拜谢起,白云:"某实幸获居四郎之丹服之,夺命鬼手耳。"子宣神之,使人邀居,不能至也。即使门下之人宛转唊其僧,前后资给备至,约窃丹为赠。而僧誓不负心,丞相亦延顾不替。僧一日谒丞相,而许分窃为献。子宣喜甚,送僧降阶。而僧退揖,为马台蹶倒,应时折足,舁之而归,数日遂卒。子宣即遣人厚贻其徒,并炉取之,不知所用,但取丹膏,圆如粟粒,服之一粒,即引水燥甚。分诸子服皆然。独子纡公衮服两粒无异也。后不复加火,亦不敢服。子宣薨,丹尽付石藏用矣。

孙道人尸解

孙道人,不知何许人,寄居严州天庆观。为人和易,初不挟术及言人祸福,但袖中尝畜十数白鼠子,每与人共饮,酒酣出鼠为戏。人欲捕取,即走投袖中,了无见也。至约人饮,则就酒家市一小尊,酌之不竭。人告酒困,即覆尊而去。否则自晨至夕,亦不别取也。酒家是日必大售。人颇以此异之。绍兴三年三月三日,观中士庶骈集,道人拱手告众曰:"我今年九十岁矣,久寓此土,荷郡人周旋,暂当小别。各勉力事善!"言讫坐逝。一郡惊异,瘗之城南,而塑其像观中。岁余,有南商手持香一瓣,封题甚固,云:"我去年三月三日于成都府观褉事,有一道人云:'我始自严州来,知子不久回浙,幸为我达严州天庆观,寻孙道人付之也。'"人观见塑像,惊礼之曰:"此我成都所见付书人也。"因共发其藏,则空棺矣。

綦革遇三皇阆宫

綦革先生,内相叔厚之族兄也。大观中,叔厚之父守甘陵,革自密往省之。过北州河滩,见三老人,皆布裘青巾,独坐而语。革视其神矩清峻,疑非常人,即憩马前揖之,初不相领略。革心益竦异,复前致敬。一老人徐顾革而言曰:"汝往恩州省汝兄耶?汝兄感时疾,已向安矣。然时将乱离,汝之业儒竟无补于事,当求遁世修真,超脱尘累也。"革尝留意于内外丹事,益异其说。且曰:"日晏矣,汝行二十里可少止,当再相见也。"革再拜而前,果二十里至一旅邸,遂休仆马,散步邸旁,瞻视丛祠,因前视其榜,乃三皇阆宫也。革即整衣冠,肃容进谒祠下,仰视塑像,其容服俨然河滩三老人也。革自甘陵,即屏居绝欲,专以修真为务,隐于密之九仙山,后又徙海中徐福山。宣和乙巳,故人陈某者调雄州兵曹,闻金人犯边,意未敢往,乃诣革,密扣其去留之事。乃书一绝与之云:"三月杨花满路飞,胡人游骑拍鞍归。高天二圣犹难保,谁道雄关是可依?"陈解其意,遂辍行李。至明年丙午三月,二圣北狩,始知革有前知之见。后范温起海州,李实以布衣被虏,温待实甚厚,每事多访之。温意欲归朝,又拟投伪齐,议未决。实与革有旧,密往见之,且告以情。革曰:"公来年今日已升朝,合食宋禄,余人无使知也。"实由是为温决归朝之策。及温引众归朝,朝廷定赏,以实尝与温谋,自白身授朝奉郎,一如革言。

仙桃变人首

余妻之祖父朝议君马铢庆,元祐末为巴郡守,遣健步王信者持书至都。始出郡城数十里,道旁顾见二道士野酌,食桃甚大。信亦休其仄,因乞之。道士以残桃与之,信声唶而食之。道士复探怀,取一大如盂者授之。信益喜,跪谢,引裾裹桃而行。未数里,探桃将食,则一人首也,血渍殷然。即惊惧,急投之涧水,疾走还郡,状若狂人,见人即作怖畏状,口称"怖人怖人",而不食不饮。郡守呼之,徐问其故。既语所遇,即复奔逸狂言。因使以病告而纵之。后蜀中时有见之者。

圣和尚前知

汴渠第五铺有异僧,众名之"圣和尚",时语人祸福,扣之则不复道也。熙宁初,余伯父朝奉君与先博士君同章申公诣阙,时申公改官未久,先博士未第也。申公所在喜访异人,至铺具饭,遇僧过门,即延之入座。熟视先君曰:"福人福人! 宰相是你手里出。"已而回视申公

曰:"承天一柱,判断山河。"视伯父,独无言。既去,先君戏申公曰:
"'承天一柱,判断山河',则当是正拜之征。然'一柱'为何?"申公曰:
"我作宰相,更容两人也?"后果如其言。而先君"宰相之出",独未有
征验云。

张道人异事

张道人,福州福清人,生以樵采为给。一日樵归,于山道遇二道
人对棋,弛担就观。棋者忽顾之而语曰:"子颇忆与吾二人同学之勤
否? 我亦以子沉滞人间,未能远引也。今子困踬亦已至矣,复能从我
竟学乎?"张忽醒然悟解,通知宿命,且语之曰:"我安能从尔学神仙
也,我将学大乘法为浮图氏,不久吾师至矣。"棋者问:"子师为谁?"
曰:"今敕住秀州崇德福严寺真觉大师志济是也。"即负樵还家。翌日
入城市,以相字为名,而言人祸福,率皆如见。岁余,黄八座裳自明守
移镇至郡,实携志济而来。张即投之祝发,郡人但以"道人"呼之。每
择佛宇敝坏者辄入居之,不俟遣化而施者云集,至鼎新而迁他所,福
人甚钦敬之。一夕郡城火,自郡将、监司而下,环视无策。或有言:
"何不呼张道人也?"郡官曰:"张道人何知郁攸之事,而须呼之也?"既
而火迫郡署,至取郡额投火以从厌胜之说,其烈愈炽。不得已使召
之,应呼而至,即长揖郡官曰:"俱面火致敬,同音诵'心火灭,凡火灭'
六字!"张乃携瓶水上履层檐,腾踔如飞,亦大称诵六字。水所过处,
火不复延,须臾遂止。今尚存,所传异事不止此也。

雀鳅蛇蟹之异

戒杀之事,得于传闻者甚众。目视五事,不可不记为后人之戒
也。富阳春明村赵二,以网捕为业,年五十,卧病逾年,艰饿备至,求
死者屡矣。一日,觉头痒不可堪忍,爬搔之极,至指甲流血,乃取梳齿
痛夔,终不快意。遂呼其妇挡发摇头,痒似少止。顷之复甚,则以手
助力提揢,遂致脑脱落,而脑间雀嘴丛呷,不知其数。邻里环观,助其

诵佛忏罪，以觊速死。两日始遂气绝。钱塘北郭吕五，以炙鳅鳗为给。而鳅至难死，每以一大斛，置鳅满中，投以盐醢，听其咀啖，至困然后始加刀炙，云令盐醢之味渍入骨中，则肉酥而味美，以故市之者众。不数年，吕五得疾，但觉胸腹间燥渴不胜，饮水不快，而口复念盐醢为味，以杯盂置床，时时饮之。且言："燋也，与翻过着。"令家人转仄其体，日夜数十百番，至体肉消溃，肠胃流迸而卒。湖州脍匠严进，忽得狂疾，曝日城壁下，自啮其指，至十指皆尽，血流被体，号呼而终。苏州薛氏小儿，年十三，探鹊雏于木杪，不知先有大蛇唉雏巢中，儿始惊视张口，则蛇径投入儿口，与儿俱堕木下。人救之，则蛇食儿心，与蛇俱死矣。河朔雄、霸与沧、棣，皆边溏泺，霜蟹当时不论钱也。每岁诸郡公厨糟淹，分给郡僚与转饷中都贵人，无虑杀数十万命。余寮婿李公慎供奉侍其季父守雄州，会客具饭，始启一藏瓮，大蟹满中，皆已通熟可啖，而上有一巨螯，肌体为糟浆浸渍，亦已透黄，而蟨索瓮面，往来不可执。众客惊异，徐出而纵之泺中，用以戒杀者甚众。

牛王宫饳饭

陶安世云：张觐钤辖家人尝梦为人追至一所，仰视榜额，金书大字云"牛王之宫"。既入，见其先姨母惊愕而至，云："我以生前嗜牛，复多杀，今此受苦未竟。所苦者，日食饳饭一升耳。"始语次，即有牛首人持饭至。视之，皆小铁蒺藜，其大如麦粒，而锋饳甚利。饭始入咽，则转次而下，痛贯肠胃。徐觉臂体间燥痒，即以手爪爬搔，至于痒极，血肉随爪而下，淋漓被体。牛首人则取铁杷助之，至体骨现露，饳饭尽出。一呼其名，则形体复旧。家人视之，恐怖欲逃。牛首人即呼持之，曰："汝亦尝食此肉四两，今当食饭二合而去。"号呼求解，不可得，即张口承饭。饭才下咽，则痛楚不胜。宛转之次，忽复梦觉，腮颊舌皆肿，不能即语。至翌日，始能言，因述其梦云。

殡柩者役于伽蓝

余马嫂之季父承奉郎察,字彦明,钱塘人。赴调至山阳,感时疾而终。妇家即山阳李氏也。遗孤始十岁,未克扶护归祔先陇,因权厝城北水陆寺。凡十五年,其母金华君终,始获从葬。其子初至启殡,致梦其子曰:"我自旅殡此寺,即为伽蓝神拘役,至今未得生路。今获归掩真宅,始神魄自如,而转生有期矣。"又丹阳方可大言:建中靖国间,有时相夫人,终于相府,未获护葬还里,权厝城外普济寺,忽见梦于其门人云:"为语我家,我日夕苦于伽蓝神之役,得速归瘗,则免此矣。"门人请曰:"夫人而见役何也?"夫人曰:"我生享国封,不为不尊,而死亦鬼耳。况以遗骸滓秽佛界之地,得不大谴罪?而姑役使之,亦幸矣。"二事适相类者。则知精庐所在,在人则以为托之阒寂,闻钟梵之声,可资亡者依向之福,必不虑因循失葬。明则致羁魂之尤,幽则苦护神之役,反俾亡者不安。不得不为戒也。

鱼 菜 斋 僧

吴兴蔺村沈氏子,尝具舟载往平江,中道有僧求附舟尾,生因容之。行十余里,生晨炊,僧求饭,遂分共之,且谓僧曰:"适与舟人羹鱼为馔,无物为盘羞,不罪也。"僧曰:"无问鱼与菜,施当在子心耳。"生意僧欲得羹,因分饷之。食竟,僧谓生曰:"汝量出数金为衬施。"生曰:"食鱼而须衬施,非余所当献也。"僧曰:"无问鱼与菜,在汝心施耳。"生复意其欲金,量与衬。僧问生斋僧一员,欲何所献。生曰:"食鱼非斋,何献之有?"僧曰:"无问鱼菜,在汝心献耳。"生不得已,戏谓之曰:"请献蔺村大王。"僧遂合爪祝献。既行数里,登岸而去。明年正月,生与社人祭神庙中,神降于稠人中,谢生曰:"去岁深承辍饭斋僧,而无心布施,得福最多。以是一僧之故,我甚增威力。"生已忘前事。神人谓生曰:"汝至某村,有僧附舟,汝以鱼饭之次,有恶兽欲截汝舟,我时已阴护之矣。"生始记忆,因语其详于社人云。

挽 经 牛

裴亚卿言：绍兴九年，湖州普安院尼沈大师者，闻吴江县潘氏兄弟析居，而家有《华严经》一部，惜不忍分，试往求之。众议皆允，而尼请归具香花及舟载迎取。潘老谓尼曰："尔往则恐有中变者，我今并具小舟假汝载往，如何？"尼欣然，更过所望。经既登舟，而岁适大旱，川港干涸，不能寸进。翁曰："我更假汝一牛，挽引而前也。"经既至院，牛船还家。公中夜忽语其媪曰："吾之舍经，得供养矣。而吾牛何虑也？"媪问之，云："我适梦牛而人言曰：'谢公数年豢养之力，又承公遣以挽经之功，今得脱此畜身，径生安乐处，感德无穷也。'"亟往视之，牛已死矣。

蟛蜞黑鲤见梦

余杭尉范达夜梦介胄而拜于庭者七人，云："某等皆钱氏时归顺人，今海行失道，死在君手，幸见贷也。"既觉，有人以蟛蜞七枚为献，因遣人纵之于江。编修元时敏夜梦顶星冠而见谒者九人，且稽首祈命，其词甚哀。元虽异之，而了不知其由。晓起经厨间，正见以盘覆一大盆，启视之，乃黑鲤九枚，泼剌盆中。因举盆放之而记其事。

悬豕首作人语

秀州东城居民韦十二者，于其庄居豢豕数百，散市杭、秀间，数岁矣。建炎初，因干至杭，过肉案，见悬一豕首，顾之而人言曰："韦十二，我等偿汝债亦足矣。"从者亦闻其言。韦愕然悔过，还家尽毁圈牢，取所存豕市之，得钱数千缗，散作佛事及印造经文，冀与群豕求免轮回刀刃之苦。知者谓韦善补过矣。

卷四　杂记

宗威愍政事

宗尹君汝霖，其遇事虽用权智，而济难于谈笑之间，士大夫多能道之。建中靖国间为文登令，同年青州教授黄策上书，自姑苏编置文登州，遣牙校押赴贬所。过县，而黄适感寒疾，不能前进。牙校督行，虽加厚赂，祈为一日之留，坚不可得。不得已，使人致殷勤于公。公即具供帐于行馆，及命医诊候，至调理安完而了不知牙校所在。密讯其从行者，云：自至县，即为县之胥魁约饮于营妓。而已次胥吏，日更主席。此校嗜酒而贪色，至今不肯出户。屡迫促之，乃始同进。金寇犯阙，銮舆南幸，贼退，以公尹开封。初至而物价腾贵，至有十倍于前者，郡人病之。公谓参佐曰："此易事耳。都人率以食饮为先，当治其所先，则所缓者不忧不平也。"密使人问米面之直，且市之，计其直与前此太平时初无甚增，乃呼庖人取面，令准市肆笼饼大小为之，及取糯米一斛，令监库使臣如市酤酝酒。各估其值，而笼饼枚六钱，酒每角七十足。出勘市价，则饼二十，酒二百也。公先呼作坊饼师至，讯之曰："自我为举子时来往京师，今三十年矣。笼饼枚七钱，而今二十，何也？岂麦价高倍乎？"饼师曰："自都城离乱以来，米麦起落，初无定价，因袭至此。某不能违众独减，使贱市也。"公即出兵厨所作饼示之，且语之曰："此饼与汝所市，重轻一等。而我以日下市直会计新面工直之费，枚止六钱。若市八钱，则已有两钱之息。今为将出令，止作八钱，敢擅增此价而市者，罪应处斩。且借汝头以行吾令也。"即斩以徇。明日饼价仍旧，亦无敢闭肆者。次日呼买扑正店任修武至，讯之曰："今都城糯价不增，而酒值三倍，何也？"任恐悚以对曰："某等开张承业，欲罢不能。而都城自贼马已来，外居宗室及权贵亲属，私酿至多，不如是，无以输纳官曲之直与工役油烛之费也。"公曰："我为汝尽禁私酿,汝减直百钱,亦有利入乎?"任扣额曰:"若尔,则饮者俱集,多中取息,足办输役之费。"公熟视久之,曰:"且寄汝头颈上。出率汝曹,即换招榜,一角止作百钱足,不患乎私酤之挽夺也。"明日出令:"敢有私造酒曲者,捕至不问多寡,并行处斩!"于是倾糟破瓹者不胜其数。数日之间,酒与饼直既并复旧,其它物价不令而次第自减。既不伤市人,而商旅四集,兵民欢呼,称为神明之政。时杜充守北京,号"南宗北杜"云。

胶黏取虎

忻、代种氏子弟,每会集讲武,多以奇胜为能。一夕步月庄居,有庄户迎白曰:"数夕来,每有一虎至麦场软藁间辗转取快,移时而去。宜徐往也。"从者有言:"请付我一矢,当立毙以献。"其一子弟在后,笑谓群从曰:"我不烦一矢之遗,当以胶黏取之,如黏飞雀之易也。"众责其夸言,曰:"请醵钱五千,具饭会饮,若不如所言,我当独出此钱也。"众许之而还。翌晨集庄户散置胶黏,至暮得斗余,尽令涂场间麦秆上,并系羊以饵之,共伺其旁。至月色穿林,果有徐行妥尾而至者。遇系羊,攫而食之。意若饱适,即顾麦场,转舒其体。数转之后,胶秆丛身,牢不可脱,至于尾足头目矇暗无视,体间如被锢束。畜性刚烈,大不能堪,于是伏地大吼,腾跃而起,几至丈许。已而屹立不动。久之,众合噪前视之,则立死矣。

铜章异事

青社土军高阎耕地得古铜印,文曰:"宣州观察使印。"即谨藏之,不以示人。后金寇犯阙,高统勤王之师,屡立战功,遂除察使,如印章云。每有移文,即借用此章。又承务郎王渊,洛阳人,锁试赴省,过黄河滩,因憩所乘蓝舆渡口。舆脚小兀,旁拾块土就支舆。而土破,中得一铜章,视之,乃其姓名也。

死 马 医

有名士为泗倅者，卧病既久。其子不慧。郡有太医生杨介，名医也，适自都下还。众令其子谒之，且约介就居第诊视。介亦谦退，谓之曰："闻尊君服药，且更数医矣，岂小人能尽其艺耶？"其子曰："大人疾势虽淹久，幸左右一顾，且作死马医也。"闻者无不绝倒。

盐 龙

萧注从狄殿前之破蛮洞也，收其宝货珍异，得一龙，长尺余，云是盐龙，蛮人所豢也。藉以银盘，中置玉盂，以玉箸撇海盐饮之，每鳞甲中出盐如雪，则收取，用酒送一钱七，专主兴阳。而前此无说者何也？后因蔡元度就其体舐盐而龙死。其家以盐封其遗体，三数日用，亦大有力。后闻此龙归蔡元长家云。

宿 生 盲 报

於潜主簿沈纯良，字忠老，余从兄之婿也。初，兄之子许归内兄黄陞有年矣。继而黄被荐，中礼部选，以书约唱第后成礼。女一夕得目疾，便不分明。医视之云："目睛已破，不可疗也。"即以疾报黄，乞罢婚。而黄云："昔许我，固无恙人也。我岂以一第而黜盲妻哉！"后竟不敢违其母兄之命，因循告罢。女年齿浸长，谋与披带入道，不复有适人之议也。然端丽明悟，不知者以为无病人也。余兄弟寓居乌墩，与忠老游，爱其和易多学。忠老诸兄各宦游相远，亦欲相依为生，愿得盲女为家。既成婚数日，忠老梦至一官府，两庑皆囚系人也。忠老方顾视之次，忽见有绯衣人升厅事，据案而坐者。群吏庭集，声喏而退。绯衣者遽呼市物之人，怒其物不至，使杖之。其人应言不顺，怒益甚，亟呼左右，取束藁周其身，以火熏灼其目。忠老视之，忽若微笑者。旁一人谓忠老曰："子视此不加恻然，更复嬉笑以助其怒心。此绯衣人，乃子今日之妻也。"语竟而觉。忠老遽以所梦语盲妻曰："异哉,冥报之事,不为诬也!汝以一怒之炽,至以火灼人目,遂获半生无目之报。我以一笑之缘,不免今日有盲妻之累。且以一笑一怒之失,其报如此;况夫妻以乐祸为心,而积恶如陵京者哉?岂不为他生之虑耶!"

马武复得妻

陶节夫为定帅,而本州驻泊都监马武,官期逾年始至。既交割参府,公退衙至屏后,而侍人高姐者就收袍带,涕泗交颐。公讶而讯之,云:"适参府都监,某之本夫也。"公愕然,问其故,乃言马历官并相失之详。公额之。明日具酒肴,独约马将会饮阁中。三爵之后,徐谓马曰:"公之官之期,何为更稽缓尔耶?"马离席,陨涕曰:"某去春携家京师,因与家人辈至大内前观灯,稠人中忽与老妻相失,求访不获,因循几年。迫于贫乏,不免携孥就禄,无它故也。"公即呼取大金卮,注酒满中,揖马而笑谓之曰:"能尽此卮,当有好事相闻。"饮讫,语马曰:"天下事有出于非意而适然相遇如此!贤阁县君于睽索中,适某过澶州,得之逆旅间,了不言其所自也。昨日窥屏见公,且语其详。某适已令具兜乘,护归将司矣。"马始惊喜次,而军校声喏云:"已送驻泊宅眷归衙讫。"一郡惊嗟,共叹其异也。

僧净元救海毁

钱塘杨村法轮寺僧净元,年三十通经,祝发即为禅比邱,遍参明目。得法之后,归隐旧庐,人不之异也。政和癸巳,海岸崩毁,浸坏民居,自仁和之白石至盐官上管,百有余里。朝廷遣道士镇以铁符及大筑堤防,且建神祠以禳御之,毁益不支。至绍兴癸丑,师忽谓众曰:"我释迦文佛历劫以来,救护有情,捐弃躯命,初无少靳,而吾何敢爱此微尘幻妄,坐视众苦而不赴救?"即起禅定,振履经行,视海毁最甚处,至于蜀山,时六月五日也。从而观者数百人。而海风激涛,喷涌山立,师将褰衣而前,众争挽引,且请偈言以示后来。师笑之曰:"万法在心,底须言句? 我不能世俗书,亦姑从汝请耳。"即高举曰:"我舍世间如梦,众人须我作颂。颂即语言边事,了取自家真梦。"又曰:"世间人心易了,只为人多不晓。了即皎在目前,未了千般学道。"颂毕,举手谢众,踊身沉海。众视惊呼,至有顿足涕流者,谓即葬鱼腹矣。移时风止,海波如镜,遥见师端坐海面,如有物拱戴者,顺流而来,直抵崩岸。争前挽掖而上,视师衣履,不濡也。逮视岸侧,有数大鲤,昂首久之,沉波而去。即扬声谓众曰:"自此海毁无患也。"不旬日,大风涨沙,悉还故地。蜀山之民深德之,即其地营庵居留事之。至绍兴乙卯四月八日,忽集众说偈告寂曰:"会得祖师真妙诀,无得无物又无说。喝散乌云千万重,一点灵心明皎洁。咄!"安坐而化。

受杖准地狱

杭州宝藏寺主藏僧志诠,其所得施财,无毫发侵用也。偶寺僧有谓诠曰:"子所积施,贷我十千,后当以三千为息归子。"拒之不获,即如数付之。数月,果以十三千偿诠。诠曰:"三千之息,非常住物。"因以为香烛之费。而常蓄一猫,甚驯,起居之间,未常辄相舍也。后猫死,诠昼梦至一官府,有金紫人出迎,执礼甚恭,如旧相识。诠回语之曰:"弟子今此何所职掌,且于老僧有何缘契,而勤勤若此也?"金紫人曰:"某前身有过,合受畜身。而经为猫,偿报既尽,以宿性直刚,今得为冥官。方为猫时,蒙师六年爱育之恩,每思有以报效。今日召师之来,盖有说也。师前受寺僧贷藏施钱三千之息,虽用为佛供,利归一己,是亦准盗法,当受地狱一劫之苦。更作无量功德,不可免也!"诠因求哀,金紫人曰:"某亦常为师参问比折之报,只有于世间受十三杖之苦可代,此外无策也。"语讫梦觉,诠即私念曰:"我幸主藏之久,颇为僧俗所敬,若一受杖责,何面目于丛林也? 当作苦行,以规救免。"于是尽舍衣钵为佛供及躬修长忏,甚自刻苦。岁余,会钱塘县官携家累入寺,僧适尽赴供,无一人迎门者。县官已怀怒心,始登方丈,而足为猫粪所污,意大愤躁。从者径于忏堂捽志诠而出,云:"此住持僧也。怠于却扫,故此避匿耳。"诠亦不测其由,应对不顺,即呼五百杖之十三而去。诠始悟前梦,不复介意,而常戒其徒不可以常住之物为己用者如此云。

古道者披胸然臂

钱塘净慈寺古道者,主供侍病僧寮。一日,病僧有告之曰:"我病少愈,念少凫血为味,汝能为我密致之,幸甚!"至暮夜,袖血饷僧,食之美甚。一二日,复多以金付之,再有所须。同寮僧雏窥道者于隙处披其胸,取漆盂,以利刃刺心血,覆盂其上,解衣带缠绕,久之开视,盂中血凝矣,即以葱醢,依前法制之,以进病僧。僧雏大骇,出以所见语其徒,且告病僧,皆大惊异。后堂头阙人,府请明老住持,明辞之坚甚,至东坡先生以简督之,尚未之许。道者闻之曰:"须我一行耳。"时明老出寓北山昭庆寺,道者即以油布裹手及□臂,至前礼请曰:"道者请燃此手,以为和尚导。"即跪膝然火,了不变色。燃至手腕,明老即命驾从之。观者云集,莫不咨嗟骇异,至有流涕者。逮至明老安息方丈,始称谢而退,燃至半臂矣。

花木神井泉监

建安黄正之之兄行之,客寄桐庐。方腊之乱,为贼所害。贼平,正之素奉天师道,即集道侣与邑人启建黄箓道场,追荐贼杀之众,俱有报应。而正之特梦其兄告之曰:"我以骂贼不屈而死,上帝见赏,已补仙职矣。汝无忧也。"凡世人至忠至孝及贞廉之士,与夫有一善可录者,死有所补授,如花木之神、井泉之监,不可不知也。

磨 刀 劝 妇

裴亚卿言:为童稚时,侍其祖母文安县君,闻语:居宣城之日,邻有俗子,忘其姓名,娶妇甚都,而悍于事姑。每夫外归,必泣诉其凌虐之苦。夫常默然。一夕,于灯下出利刃,示其妇。妇曰:"将安用此?"

夫好谓之曰:"我每见汝诉我以汝姑之不容,我与汝持此去之,如何?"
妇曰:"心所愿也。"夫曰:"今则未也。汝且更与我谨事之一月,令汝
之勤至而俾姑之虐暴,四邻皆知其曲。然后我与汝可密行其事,人各
快其死,亦不深穷暴死之由也。"妇如其言,于是怡颜柔语,晨夕供侍,
及市珍鲜以进饮馔。姑不知其然,即前抚接,顿加和悦。几致月矣,
复乘酒取刃,玩于灯下,其气愤愤,呼其妇语之曰:"汝姑日来于汝若
何?"曰:"日来视我非前日比也。"又一月,复扣□刃问之。妇即欢然
曰:"姑今于我,情好倍加。前日之事,慎不可作也!"再三言之。夫徐
握刃怒视之曰:"汝见世间,有夫杀妇者乎?"曰:"有之。""复见有子杀
母者乎?"曰:"未闻也。"夫曰:"人之生也,以孝养为先。父母之恩,杀
身莫报。及长而娶妇,正为承奉舅姑,以长子息耳。汝归我家,我每
察汝,恃少容色,不能承顺我母,乃反令我为此大逆。天地神明,其容
之乎? 我造此刃,实要断汝之首,以快我母之心。姑贷汝两月,使汝
改过怡颜,尽为妇之道于我母。待汝之心知曲不在母,而安受我刃
也。"其妇战惧,泪如倾雨,拜于床下曰:"幸恕我此死,我当毕此生前,
承顺汝母,常如今日,不敢更有少懈也。"久之乃许。其后妇姑交睦,
播于亲党。有密知此事者,因窃语之。闻者皆谓:此虽俗子,而善于
调御,转恶为良,虽士君子有不能处者矣。

紫姑大书字

政和二年,襄邑民因上元请紫姑神为戏,既书纸间,其字径丈。
或问之曰:"汝更能大书否?"即书曰:"请连粘襄表二百幅,当为作一
'福'字。"或曰:"纸易耳,安得许大笔也?"曰:"请用麻皮十斤缚作,令
径二尺许。墨浆以大器贮,备濡染也。"诸好事因集纸笔,就一富人麦
场铺展聚观。神至,书云:"请一人系笔于项。"其人不觉身之腾踔,往
来场间,须臾字成,端丽如颜书。复取小笔书于纸角云:"持往宣德
门,卖钱五百贯文。"既而县以妖捕群集之人,大府闻之,取就鞠治,讫
无他状,即具奏知。有旨令就后苑再书验之。上皇为幸苑中临视,乃
书一"庆"字,与前书"福"字大小相称,字体亦同。上皇大奇之,因令

于襄邑择地建祠,岁祀之。

梦　鲙

吴兴溪鱼之美,冠于他郡,而郡人会集,必以斫鲙为勤。其操刀者,名之鲙匠。沈忠老言:其外祖丁学士君,虽湖人,而生平不喜食脍。一日忽梦登对,已而少休,殿庑间传言,以鲙缕一盘为赐。食之美甚。既觉,忽念其味。会乡人有以鲜鲤饷其子者,即取具鲙,举箸而尽。自后日进一器。岁余复梦登对,赐鲙如初。食讫而寤,但闻腥气逆鼻,遂不复食,至终身云。

谑　鱼

姑苏李章,敏于调戏。偶赴邻人小集,主人者虽富而素鄙,会次章适坐其旁。既进馔,章视主人之前一煎鲑特大于众客者,章即请于主人曰:"章与主人俱苏人也,每见人书'苏'字不同,其'鱼'不知合在左边者是,在右边者是也?"主人曰:"古人作字,不拘一体,移易从便也。"章即引手取主人之鱼,示众客曰:"领主人指拨,今日左边之鱼,亦合从便,移过右边如何?"一座辍饭而笑,终席乃已。

龚正言持钵巡堂

龚彦和正言自贬所归卫城县,寓居一禅林,日持钵随堂供。暇日偶过库司,见僧雏具汤饼。问其故,云:"具殿院晚间药食。"龚自此不复晚飡云。

绘像答语

毗陵胡门下宗回夫人,钱塘关氏女。数岁时,晨起致敬尊长前。而壁间有天妃像,家人戏指之曰:"此亦可致礼。"夫人即前敛躬起居,忽若卷子有云"夫人万福"之应者。左右皆闻，惊异。既长，果归胡氏，卒享翚翟之荣。关仲子云。

花 月 之 神

建安章国老之室，宜兴潘氏女，二族称其韶丽。既归国老，不数岁而卒。其终之日，室中飞蝶散满，不知其数。闻其始生亦复如此。既设灵席，每展遗像，则一蝶停立久之而去。后遇远讳之日，与曝像之次，必有一蝶随至，不论冬夏也。其家疑其为花月之神。建安张端公伯玉，始生而鬼哭于家，三日而止。既死，鬼啸于梁，至大敛始寂然。盖其母初祷子于郡之黎山王庙，梦神指其旁鬼官与之。二家俱余姻家也，得之不诬。

施 奶 婆

湖州乌墩镇沈氏婢，其邻里呼之"施奶婆"者，年六十余，髻两髻，明其尚处子也。年二十为沈氏婢，会大疫，主公主母继亡，独余二女子，各十数岁，无旁亲可依为生。施即佣舂旁舍，或织草屦与缝纫之事，得钱以给二女，且教护之。至于长大，择良为配，更为抚抱其子，尽力奴事。镇人皆知敬爱之。每大家出游，则假守舍，余物满前，一毫不移也。至今尚在。

孙 家 吕 媪

湖州孙略教授家婢名吕媪者，服勤孙氏有年矣。性谨朴，无他能，但常日晨起，就厨中取食器洁之，聚所弃余粒。间有落沟渠者，亦拾取淘灈，再于釜中或加五味煮食之。未尝一日废也。年七十余，一日微疾，即告其家人曰："为我髡发，着五戒衣，我将去矣。"家人从之。因起，以左手结印而化。家人遂龛置开元寺中。观者余月，了无秽气，而发渐生。因与剃之。后一月一剃。

卷五　杂记

章 有 篆 字

吴兴张有，以小篆名世。其用笔简古，得《石鼓》遗法，出文勋章友直之右。所作《复古编》以正篆隶之失，识者嘉之。尝为余言："'心'字于篆文只是一倒'火'字耳。盖心火也，不欲炎上，非从包也。"毕少董，文简之孙，妙于鼎篆，而亦多见周秦以前盘盂之铭。其论"水"字云："中间一竖，更不须曲，只是画一坎卦耳。盖坎为水，见于鼎铭多如此者。"并记之。

唐 子 西 论 文

唐子西言：司马迁敢乱道，却好；班固不敢乱道，却不好；不乱道又好，是《左传》；乱道又不好，是《唐书》。八识田中若有一毫《唐书》，亦为来生种子矣。

玉川昌黎月蚀诗

施彦质言：玉川子诗极高，使稍入法度，岂在诸公之下！但讳以诗人见称，故时出狂语，聊以惊世耳。韩退之有《效玉川子月蚀》诗，读之有不可晓者。既谓之"效"，乃是玉川子诗，何也？亦常闻叶大经云：玉川子既作此诗，退之深爱之，但恨其太狂，因削其不合法度处，而取其合者附于篇，其实改之也。退之尊敬玉川子，不敢谓之"改"，故但言"效"之耳。

明皇无心治天下

周正夫言：人君所论，只一宰相。唐明皇欲相张嘉贞，却忘其名字，不知用心向何处？又河北皆陷，颜真卿独全平原，乃始云："朕不谓有此人！"夫小大一个颜真卿，自不知姓名。又颜杲卿忠义贯日月，后其子不免饥寒，不知平日勾当甚事？乃知明皇本无心治天下也。

古 书 托 名

先君为武学博士日，被旨校正武举孙吴等七书。先君言《六韬》非太公所作，内有考证处，先以禀司业朱服。服言此书行之已久，未易遽废也。又疑《李卫公对问》亦非是。后为徐州教授，与陈无己为交代。陈云："尝见东坡先生言，世传《王氏元经》、《薛氏传》、《关子明易传》、《李卫公对问》，皆阮逸著撰。逸尝以草示奉常公也。非独此，世传《龙城记》载六丁取《易说》事，《树萱录》载杜陵老、李太白诸人赋诗事，诗体一律。而《龙城记》乃王铚性之所为；《树萱录》，刘焘无言自撰也。至于书刻亦然。小字《乐毅论》，实王著所书。《李太白醉草》，则葛叔忱戏欺其妇翁者。山谷道人尝言之矣。"

画 字 行 棋

古人作字谓之"字画"，所谓"画"者，盖有用笔深意。作字之法，要笔直而字圆，若作画则无有不圆劲，如锥画沙者是也。不知何时改作"写字"。"写"训"传"，则是传模之谓，全失秉笔之意也。又弈棋，古亦谓之"行棋"。宋文帝使人赍药赐王景文死，时景文与客棋，以函置局下，神色不变，且思行争劫。盖棋战所以为人困者，以其行道穷迫耳。"行"字于棋家亦有深意，不知何时改作"着棋"。"着"如着帽、着屦，皆训"容"也，不知于棋□有何干涉也。且写字、着棋，天下至俗无理之语，而并贤愚皆承其说，何也？

瓶酒借书

　　杜征南《与儿书》言，昔人云："借人书一痴，还人书一痴。"山谷《借书》诗云："时送一鸥开锁鱼。"又云："明日还公书一痴。"常疑二字不同，因于孙愐《唐韵》"五之"字韵中"甉"字下注云："酒器。大者一石，小者五斗。古借书，盛酒瓶也。"又得以证二字之差。然山谷"鸥夷"字必别见他说。当是古人借书，必先以酒醴通殷勤。借书还书，皆用之耳。

定武兰亭叙刻

　　定武《兰亭叙》石刻，世称善本。自石晋之乱，契丹自中原辇载宝货图书而北。至真定，德光死，汉兵起太原，遂弃此石于中山。庆历中，土人李学究者得之，不以示人。韩忠献之守定武也，李生始以墨本献。公坚索之，生乃瘗之地中，别刻本呈公。李死，其子乃出石散摸售人，每本须钱一千，好事者争取之。其后李氏子负官缗，无从取偿，宋景文公时为定帅，乃以公帑金代输，而取石匣藏库中，非贵游交旧不可得也。熙宁中，薛师正出牧，其子绍彭又刻副本易之，以归长安。大观间，诏取其石，龛置宣和殿，世人不得见也。丙午，金寇犯顺，与岐阳石鼓复载而北，今不知所在也。此语见于续仲永所藏定武《兰亭》后，康伯所跋也。

邹张邓谢后身

　　边镐为谢灵运后身，故小字康乐；范纯夫为邓仲华后身，故名祖禹；张平子后身为蔡伯喈，邹阳后身为东坡居士，即其习气，似皆不诬也。

李朱画得坡仙赏识

李颀字粹老,不知何许人。少举进士,当得官,弃去,乌巾布裘为道人,遍历湖湘间。晚乐吴中山水之胜,遂隐于临安大涤洞天,往来苕溪之上,遇名人胜士,必与周旋。素善丹青,而间作小诗。东坡倅钱塘日,粹老以幅绢作春山横轴,且书一诗其后,不通姓名,付樵者,令俟坡之出投之。坡展视诗画,盖已奇之矣。及问樵者:"谁遣汝也?"曰:"我负薪出市,始经公门,有一道人与我百钱,令我呈此,实不知何人也。"坡益惊异之,即散问西湖名僧辈,云是粹老。久之,偶会于湖上僧居,相得甚喜。坡因和其诗云"诗句对君难出手,云泉劝我早抽身"是也。粹老画山,笔力工妙,尽物之变,而秀润简远,非若近世士人略得其形似便复轻訾前人,自谓超神入妙,出于法度之外者。然不能为人特作,世所有者绝少。得其小屏幅纸,以为宝玩也。蓬家所藏二横轴,一雪山,一春晴。自兵火已来,余物散尽,此二画幸常在老眼耳。又松陵朱象先,东坡先生盖尝与之叙文云"能文而不求举,善画而不求售"者,其画始规摹董北苑与巨然,而自出新意,笔力高简,润泽而有生理,出许道宁、李远辈之上。但其为人既经东坡先生题目之后,不肯为人轻作,又不为王公大人所屈,世所传者,亦不甚多。其在嘉兴日,毛泽民为郡守,于郡城绝景处增广楼居名月波者,日与宾客燕息其上。常延致朱象先,为作一大屏,真近世绝笔!但日来赏鉴之家,未免征逐时好,未有深知其二人者。后遇真赏,有捐千金而求其一笔者不获,始以余言为不谬也。粹老二横轴,续仲永后得之。其子承休,归郑公辅也。

精 艺 同 一 理

朱象先少时画笔,常恨无前人深远润泽之趣。一日于鹅溪绢上戏作小山,觉不如意,急湔去之,故墨再三挥染,即有悟见。自后作画,多再涤去,或以细石磨绢,要令墨色着入绢缕者。沈珪道人作墨,亦尝因捣和墨，蒸去故胶，再入新胶，及出灰池，而墨坚如石，遂悟李氏对胶法云。

陈涂共为冥吏

晋江陈彦柔言：文林郎知县事孙复，为政廉明，郡以其才力有余，俾参幕事。一日与幕僚会茶，独见一黄衣人授以天符，且云：当与州之举子涂楷者同领职。迨还家，越夕而卒。时绍兴十一年五月十二日。已而楷闻孙死之异，复梦衣黄紫人罗立庭参云："天命召汝，职领甚要。"既觉，忻然命笔书壁间云："拜伏庭前又一番，天书虽捧未容看。南阳久作蟠龙卧，应为苍生起谢安。"明年孙死之日，楷无疾而终。

天尊赐银

临安府天庆观马道士言：有老道士刘虚静，年七十余，来寓云安堂。每旦执炉于天尊像前，注香冥祷，意甚虔至。观有小道士伏于暗中，默聆其祷。乃云："虚静年老，羁单一身。常恐一旦数尽，身膏草野。若蒙上天赐以白金十星，足为身后之备，志愿足矣。"小道士乃取白蜡铸成小铤，俟其夕祷，即遥掷其旁。虚静得之惊异，伏谢再三，不复细视，姑谨藏之，语其徒曰："人之诚悃，常患不至尔。虽天道高远，而听甚卑，无不从人者。"小道士复欲戏之，因又密求视其所获。请之既数，不免示之。小道士即怀之疾走众中，示群道士，相与笑其狂昧。久之不至，虚静从而执之，且熟视其物，曰："此白腊耳，非我所获者！"喧哓不置，必欲讼之官府。小道士家素饶于财，众道士劝谕之曰："汝若致讼，则所费不止此，不若如数偿之。"遂真有所获。虽虚静一时非意之祷，而造物者宛曲取付，盖亦巧矣。

撞钟画像作追荐

余仲兄马氏嫂之母，符离高氏女。年二十，以产乳殁。其父朝议君念之深切，夜梦女告之曰："无他作冥助，第呼画人状我，并令像与我身等，召邻僧，使糊钟间，祝撞钟人，及多许之金，令晨昏声钟时呼我名氏而忏祝之，俟此像忽自脱落，了无损动，即我超生之兆也。"朝议君晓起语家人，为呼画人及召寺僧，如其言委之。不数月，忽梦女铢衣宝冠，称乘功德，今当生乐处矣。泣谢而去。梦觉未及语，而寺僧扣门，以脱像为示，果无少损处云。

张 山 人 谑

绍圣间，朝廷贬责元祐大臣及禁毁元祐学术文字。有言司马温公神道碑乃苏轼撰述，合行除毁。于是州牒巡尉，毁拆碑楼及碎碑。张山人闻之，曰："不须如此行遣，只消令山人带一个玉册官，去碑额上添镌两个'不合'字，便了也。"碑额本云"忠清粹德之碑"云。

酒 　 谑

宗室赵子正监永静军，耽酒嗜书札，而喜人奉己。有过客执觚而前，正遇赵于案间挥翰自得。客自旁视再三，而叹美其妙。赵举首视之，曰："汝亦知书耶？"客曰："小人亦尝留心字画，切观太保之书，虽王右军复有不及者。"赵诟之曰："汝玩我耶？"曰："某尝观《法书》云：王书一字，入木八分。今太保之书，一落笔则入木十分，岂不为过于右军耶？"坐人皆赏其机中，为之绝倒，赵亦笑而遣之。

木 中 有 字

三衢毛氏，庭中一木忽中裂而纹成衍字，如以浓墨书染者，体作颜平原书。会其子始生，因以名之。后衍登进士第，官至龙图阁而终。又晋江尤氏，其邻朱氏圃中有柿木高出屋上，一夕雷震，中裂木身，亦若以浓墨书"尤家"二字，连属而上，不知其数，至于木枝细者，破视亦随枝之大小成字。尤氏乞得其木，作数百段，分遗好事。字体带草,劲健如王会稽书。朱氏后以其圃归尤氏云。

陇 州 鹦 歌

王景源云:有韩奉议者,为陇州通守,家人得鹦歌,忽语家人曰:
"鹦歌数日来甚思量乡地,若得放鹦歌一往,即生死无忘也。"家人闻
其语,甚怜之,即谓之曰:"我放你甚易。此去陇州数千里外,你怎生
归得?"曰:"鹦歌亦自记得来时驿程道路。日中且去深林中藏身,以
避鹰鹯之击;夜则飞行求食,以止饥渴尔。"家人即启笼及与解所系缕
线,且祝其好去。鹦歌亦低首答曰:"娘子懑更各自好将息,莫忆鹦歌
也。"遂振翼望西而去。家人辈亦怅然者久之,谓必无远达之理。至
数月,旧任有经使何忠者,自陇州差至京师投下文字。始出州城,因
憩一木下。忽闻木杪有呼"急足"者。忠愕然,谓是鬼物。呼之再三,
不免仰首视之。即有鹦歌,且顾忠曰:"你记得我否? 我便是韩通判
家所养鹦歌也。你到京师,切记为我传语通判宅眷,鹦歌已归到乡
地,甚快活,深谢见放也。"忠咨嗟而行。至都,遂至韩第,问鹦歌所
在,具言其所见。举家惊异,且念其慧黠,及能侦候何忠,传达其言,
为可念者。或未以为信。余曰:昔唐太宗时,林邑献五色鹦歌,新罗
献美女二人,魏郑公以为不宜受。太宗喜曰:"林邑鹦歌犹能自言苦
寒思归,况二女之远别亲戚乎?"并鹦歌各付使者归之。又明皇时,太
真妃得白鹦鹉,聪慧可爱。妃每有燕游,必置之辇竿自随。一日,鹦
鹉忽低首愁惨。太真呼问之,云:"鹦鹉夜梦甚恶,恐不免一死。"已而
太真妃出后苑,有飞鹰就辇攫之而去。宫人多于金花纸上写《心经》
追荐之者。此又能通晓梦事,则其灵慧非止一鹦歌也。

野 驼 饮 水 形

先君尝见蔡元度言:其父死,委术者王寿昌于余杭寻视葬地,数
日不至。蔡因梦至一官府,有紫衣人据案而坐,望蔡之入,遥语谓曰:
"汝寻葬地,已得之否? 野驼饮水形是也。"觉而异之。适寿昌至,问

其所得，云有一地在临平山，势耸远，于某术中佳城也，但恐观者未诚吾言耳。元度云："姑言山形可也。"王云："一大山巍然下临浙江，即野驼饮水形也。"元度曰："无复他求，神先告我矣。"即用之。

卷六　东坡事实

文 章 快 意

先生尝谓刘景文与先子曰："某平生无快意事,惟作文章,意之所到,则笔力曲折,无不尽意。自谓世间乐事无逾此者。"

后 山 往 杏 园

建中靖国元年,陈无己以正字入馆,未几得疾。楼异世可时为登封令,夜梦无己见别,行李匆甚。楼问是行何之,曰:暂往杏园。东坡、少游诸人,在彼已久。楼起视事,而得参寥子报云:无己逝矣。

坡 仙 之 终

冰华居士钱济明丈尝跋施纯叟藏先生帖后云:建中靖国元年,先生以玉局还自岭海,四月自当涂寄十一诗,且约同程德孺至金山相候。既往迓之,遂决议为毗陵之居。六月自仪真避疾渡江,再见于奔牛埭。先生独卧榻上,徐起谓某曰:"万里生还,乃以后事相托也。惟吾子由,自再贬及归,不复一见而决,此痛难堪。"余无言者。久之复曰:"某前在海外,了得《易》、《书》、《论语》三书,今尽以付子,愿勿以示人。三十年后,会有知者。"因取藏箧欲开,而钥失匙。某曰:"某获侍言,方自此始,何遽及是也。"即迁寓孙氏馆,日往造见,见必移时,慨然追论往事,且及人间出岭海诗文相示,时发一笑,觉眉宇间秀爽之气照映坐人。七月十二日,疾少间,曰:"今日有意,喜近笔研,试为济明戏书数纸。"遂书《惠州江月》五诗。明日又得《跋桂酒颂》。自尔疾稍增,至十五日而终。

邹 阳 十 三 世

邁一日谒冰华丈于其所居烟雨堂,语次偶诵人祭先生文,至"降邹阳于十三世,天岂偶然;继孟轲于五百年,吾无间也"之句,冰华笑曰:"此老夫所为者。"因请"降邹阳"事。冰华云:"元祐初,刘贡甫梦至一官府,案间文轴甚多,偶取一轴展视,云'在宋为苏某'。逆数而上十三世,云'在西汉为邹阳'。盖如黄帝时为火师,周朝为柱下史,只一老聃也。"

紫 府 押 衙

雪川莫蒙养正,崇宁间过余,言:夜梦行西湖上,见一人野服鬓髻,顾然而长,参从数人,轩轩然常在人前。路人或指之而言曰:"此苏翰林也。"养正少识之,亟趋前拜,且致恭曰:"蒙自为儿时诵先生之文,愿执巾侍,不可得也。不知先生厌世仙去,今何所领而参从如是也?"先生顾视久之,曰:"是太学生莫蒙否?"养正对之曰"然"。先生领之,曰:"某今为紫府押衙。"语讫而觉。后偶得先生岭外手书一纸云:"夜登合江楼,梦韩魏公骑鹤相过,云:'受命与公同北归中原,当不久也。'已而果然。"小说载魏公为紫府真人,则养正之梦不诬矣。

裕 陵 眷 贤 士

先生临钱塘郡日,先君以武学博士出为徐州学官,待次姑苏。公遣舟邀取至郡,留款数日,约同刘景文泛舟西湖。酒酣,顾视湖山,意颇欢适,且语及先君被遇裕陵之初,而叹今日之除似是左迁。久之,复谓景文曰:"如某今日余生,亦皆裕陵之赐也。"景文请其说。云:"某初逮系御史狱,狱具奏上,是夕昏鼓既毕,某方就寝,忽见一人排闼而入,投箧于地,即枕卧之。至四鼓,某睡中觉有撼体而连语云'学士贺喜'者,某徐转仄问之,即曰'安心熟寝',乃挈箧而出。盖初奏上,舒亶之徒力诋上前,必欲置之死地,而裕陵初无深罪之意,密遣小黄门至狱中视某起居状。适某昼寝,鼻息如雷,即驰以闻。裕陵顾谓左右曰:'朕知苏轼胸中无事者。'于是即有黄州之命。则裕陵之恕,念臣子之心,何以补报万一!"后先君尝以前事语张嘉父,嘉父云:"公自黄移汝州,谢表既上,裕陵览之,顾谓侍臣曰:'苏轼真奇才!'时有憾公者,复前奏曰:'观轼表中,犹有怨望之语。'裕陵愕然,曰:'何谓也?'对曰:'其言"兄弟并列于贤科"与"惊魂未定,梦游缧绁之中"之语,盖言轼、辙皆前应直言极谏之诏,今乃以诗词被谴,诚非其罪也。'裕陵徐谓之曰:'朕已灼知苏轼衷心,实无他肠也。'于是语塞云。"

墨 木 竹 石

先生戏笔所作枯株竹石,虽出一时取适,而绝去古今画格,自我作古。薳家所藏"枯木"并"拳石丛篠"二纸,连手帖一幅,乃是在黄州与章质夫庄敏公者。帖云:"某近者百事废懒,唯作墨木颇精,奉寄一纸,思我当一展观也。"后又书云:"本只作墨木,余兴未已,更作竹石一纸同往。前者未有此体也。"是公亦欲使后人知之耳。

裕陵惜人才

公在黄州,都下忽盛传公病殁。裕陵以问蒲宗孟,宗孟奏曰:"日来外间似有此语,然亦未知的实。"裕陵将进食,因叹息再三曰:"才难!"遂辍饭而起,意甚不怿。后公于哲庙朝表荐先子博士,备论云:"先皇帝道配周孔,言成典谟。盖尝当食不御,有'才难'之叹。"其说盖出于此。

著述详考故实

秦少章言:公尝言观书之乐,夜常以三鼓为率。虽大醉归,亦必披展至倦而寝。然自出诏狱之后,不复观一字矣。某于钱塘从公学二年,未尝见公特观一书也。然每有赋咏及著撰,所用故实,虽目前烂熟事,必令秦与叔党诸人检视而后出。

书 明 光 词

蒋子有家藏先生于吴笺上手书一词,是为余杭通守时字,云:"红杏了,夭桃尽,独自占春芳。不比人间兰麝,自然透骨生香。　对酒莫相忘。似佳人、兼合明光。只忧长笛吹花落,除是宁王。"既不知曲名,常以问先生门下士及伯达与仲虎、叔平诸孙,皆云未之见也。又不知"兼合明光"是何等事。或云是酴醿也。

论古文俚语二说

"文章至东汉始陵夷。至晋宋间,句为一段,字作一处,其源出于崔、蔡。史载文姬两诗,特为俊伟,非独为妇人之奇,乃伯喈所不逮也。"又"俚俗语有可取者:'处贫贱易,耐富贵难。安劳苦易,安闲散难。忍痛易,忍痒难。'人能安闲散,耐富贵,忍痒,真有道之士也"。二段所书,皆东坡醉墨。薳家宝之甚久,后入御府。世无传此语者,故录于此。

题领巾裙带二绝

嘉兴李巨山,钱安道尚书甥也。先生尝过安道小酌,其女数岁,以领巾乞诗。公即书绝句云:"临池妙墨出元常,弄玉娇痴笑柳娘。吟雪屡曾惊太傅,断弦何必试中郎。"又于陶安世家见为刘唐年君佐小女裙带上作散隶书绝句云:"任从酒满翻香缕,不愿书来系彩笺。半接西湖横绿草,双垂南浦拂红莲。"每句皆用一事,尤可珍宝也。

营妓比海棠绝句

先生在黄日,每有燕集,醉墨淋漓,不惜与人。至于营妓供侍,扇书带画,亦时有之。有李琪者小慧,而颇知书札,坡亦每顾之喜,终未尝获公之赐。至公移汝郡,将祖行,酒酣奉觞再拜,取领巾乞书。公顾视久之,令琪磨砚。墨浓,取笔大书云:"东坡七岁黄州住,何事无言及李琪?"即掷笔袖手,与客笑谈。坐客相谓:语似凡易,又不终篇,何也? 至将彻具,琪复拜请。坡大笑曰:"几忘出场。"继书云:"恰似西川杜工部,海棠虽好不留诗。"一座击节,尽醉而散。

太 白 胸 次

士之所尚,忠义气节,不以摘词摘句为胜。唐室宦官用事,呼吸之间,生杀随之。李太白以天挺之才自结明主,意有所疾,杀身不顾。王舒公言:"太白人品污下,诗中十句,九句说妇人与酒。"至先生作太白赞,则云:"开元有道为可留,縻之不可刬肯求?"又云:"平生不识高将军,手污吾足乃敢嗔!"二公立论,正似见二公胸次也。

赋诗联咏四姬

徐黄州之子叔广十四秀才,先生与其舅张仲谟书所谓"十三十四,皆有俊性"者是也。尝出先生醉墨一轴,字画敧倾,龙蛇飞动,乃是张无尽过黄州,而黄州有四侍人,适张夫人携其一往婿家为浴儿之会,无尽因戏语云:"厥有美妾,良由令妻。"公即续之为小赋云:"道得徵章郑赵,姓称孙姜阎齐。浴儿于玉润之家,一夔足矣;侍坐于冰清之仄,三英粲兮。"既暮而张夫人复还其一,还乃阎姬也,最为徐所宠。公复书绝句云:"玉笋纤纤揭绣帘,一心偷看绿罗尖。使君三尺球头帽,须信从来只有檐。"

乐语画隶三绝

蓪于扬州得先生手画一乐工,复作乐语云:"桃园未必无杏,银矿终须有铅。荇带岂能拦浪?藕花却解留莲。"其后又作汉隶书"子瞻、禹功同观"。真三绝也!

秦苏相遇自述挽志

先生自惠移儋耳,秦七丈少游亦自郴阳移海康,渡海相遇。二公共语,恐下石者更启后命。少游因出自作挽词呈公,公抚其背曰:"某常忧少游未尽此理,今复何言!某亦尝自为志墓文,封付从者,不使过子知也。"遂相与啸咏而别。初,少游谒公彭门,和诗有"更约后期游汗漫",盖谶于此云。

牛　酒　帖

先生在东坡,每有胜集,酒后戏书以娱坐客,见于传录者多矣。独毕少董所藏一帖,醉墨澜翻,而语特有味,云:"今日与数客饮酒,而纯臣适至。秋热未已,而酒白色,此何等酒也?入腹无赃,任见大王。既与纯臣饮,无以侑酒。西邻耕牛适病足,乃以为肴。饮既醉,遂从东坡之东直之出,至春草亭而归,时已三鼓矣。所谓春草亭,乃在郡城之外。是与客饮私酒,杀耕牛,醉酒逾城,犯夜而归。又不知纯臣者是何人,岂亦应不当与往还人也?"

馈　药　染　翰

先生自海外还至赣上,寓居水南,日过郡城,携一药囊,遇有疾者必为发药,并疏方示之。每至寺观,好事者及僧道之流有欲得公墨妙者,必预探公行游之所,多设佳纸,于纸尾书记名氏,堆积案间,拱立以俟。公见即笑视，略无所问，纵笔挥染，随纸付人。至日暮笔倦，或案纸尚多，即笑语之曰："日暮矣，恐小书不能竟纸，或欲斋名及佛偈，幸见语也。"及归，人人厌满，忻跃而散。

写 画 白 团 扇

先生临钱塘日，有陈诉负绫绢钱二万不偿者。公呼至询之，云："某家以制扇为业，适父死，而又自今春已来连雨天寒，所制不售，非故负之也。"公熟视久之，曰："姑取汝所制扇来，吾当为汝发市也。"须臾扇至，公取白团夹绢二十扇，就判笔作行书草圣及枯木竹石，顷刻而尽，即以付之，曰："出外速偿所负也。"其人抱扇泣谢而出，始逾府门而好事者争以千钱取一扇，所持立尽。后至而不得者，至懊恨不胜而去。遂尽偿所逋。一郡称嗟，至有泣下者。

寺认法属黑子如星

钱塘西湖寿星寺老僧则廉言：先生作郡倅日，始与参寥子同登方丈，即顾谓参寥曰："某生平未尝至此，而眼界所视，皆若素所经历者。自此上至忏堂，当有九十二级。"遣人数之，果如其言。即谓参寥子曰："某前身，山中僧也。今日寺僧，皆吾法属耳。"后每至寺，即解衣盘礴，久而始去。则廉时为僧雏待仄，每暑月袒露竹阴间，细视公背，有黑子若星斗状，世人不得见也。即北山君谓颜鲁公曰"志金骨，记名仙籍"是也。

观 书 用 意

唐子西云：先生赴定武时，过京师，馆于城外一园子中。余时年十八，谒之。问近观甚书，予对以方读《晋书》。猝问其中有甚亭子名，予茫然失对。始悟前辈观书，用意如此！

笔 下 变 化

晁丈无咎言：苏公少时，手抄经史皆一通。每一书成，辄变一体，卒之学成而已。乃知笔下变化，皆自端楷中来尔。不端其本而欺以求售，吾知书中孟嘉，自可默识也。

马 蹶 答 问

元祐三年，北国贺正使刘霄等入贺，公与狄咏馆伴。锡燕回，始行马，而公马小蹶。刘即前讯曰："马惊无苦否？"公应之曰："衔勒在御，虽小失，无伤也。"

苏 刘 互 谑

刘贡父舍人，滑稽辨捷为近世之冠。晚年虽得大风恶疾，而乘机决发，亦不能忍也。一日，与先生拥炉于慧林僧寮，谓坡曰："吾之邻人有一子，稍长，因使之代掌小解。不逾岁，偶误质盗物，资本耗折殆尽。其子愧之，乃引罪而请其父曰：'某拙于运财，以败成业。今请从师读书，勉赴科举，庶几可成，以雪前耻也。'其父大喜，即择日，具酒肴以遣之。既别，且嘱之曰：'吾老矣，所恃以为穷年之养者，子也。今子去我而游学，傥或侥幸，改门换户，吾之大幸也。然切有一事不可不记，或有交友与汝唱和，须子细看，莫更和却贼诗，狼狈而归也。'"盖讥先生前逮诏狱，如王晋卿、周开祖之徒，皆以和诗为累也。贡父语始绝口，先生即谓之曰："某闻昔夫子自卫反鲁，会有召夫子食者。既出，而群弟子相与语曰：'鲁，吾父母之邦也。我曹久从夫子，辙环四方，今幸俱还乡里，能乘夫子之出，相从寻访亲旧，因之阅市否？'众忻然许之。始过阛阓，未及纵观，而稠人中望见夫子巍然而来。于是惶惧相告。由、夏之徒，奔踔越逸，无一留者。独颜子拘谨，不能遽为阔步，顾市中石塔似可隐蔽，即屏伏其旁，以俟夫子之过。

已而群弟子因目之为'避孔子塔'。"盖讥贡父风疾之剧，以报之也。

回 江 之 利

先生元祐四年以内相出典余杭，时水官侯临亦继出守上饶，过郡。以尝渡江，败舟于浮山，遂阴画回江之利以献，从公相视其宜。一自富阳新桥港至小岭，开凿以通闲林港。或费用不给，则置山不凿，而令往来之舟般运度岭，由余杭女儿桥港至郡北关江涨桥，以通运河。一自龙山闸而出，循江道过六和寺，由南荡朱桥港开石门平田至庙山，然后复出江道，二十里至富阳。而公诗有"坐陈三策本人谋，唯留一诺待我画"，谓此。又云"石门之役万金耳，首鼠不为吾已隘"，又云"上饶使君更超逸，坐睨浮山如累块"者，知所议出于侯也。时越尼身死，官籍其资，得钱二十万缗。公乞于朝，又请度牒三百道佐用。得请，而公入为翰林承旨，除林希子中为代。有谀者言：今凿龙山姥岭，正犯太守身。因寝其议，而迁用亡尼之资。遗患至今，往来者惜之。

翰 墨 之 富

先生翰墨之妙，既经崇宁、大观焚毁之余，人间所藏盖一二数也。至宣和间，内府复加搜访，一纸定直万钱。而梁师成以三百千取吾族人《英州石桥铭》，谭稹以五万钱辍沈元弼《月林堂》榜名三字。至于幽人释子所藏寸纸，皆为利诱，尽归诸贵近。及大卷轴，输积天上。丙午年金人犯阙，轮运而往，疑南州无一字之余也。而绍兴之初，余于中贵任源家见其所藏几三百轴，最佳者有径寸字书《宸奎阁记》，行书《南迁乞乘舟表》与《酒子赋》。又于先生诸孙处见海外五赋，字皆如《醉翁亭记》而加老放。毕少董处见《自房中还得责吕惠卿词于王信仲家人针箧中》，续仲永处见《海外祭妹德化县君文》，与余世宝"东坡先生无一钱"诗、醉草十纸，龙蛇飞动，皆非前后石刻所见者。则德麟赵丈尝跋公书后，有"翰墨稽天，发乎妙定"之语，为不虚也。

龙团称屈赋

先生一日与鲁直、文潜诸人会饭，既食骨槌儿血羹，客有须薄茶者，因就取所碾龙团遍啜坐人。或曰："使龙茶能言，当须称屈。"先生抚掌久之，曰："是亦可为一题。"因援笔戏作律赋一首，以"俾荐血羹，龙团称屈"为韵。山谷击节称咏，不能已已。无藏本，闻关子开能诵，今亡矣。惜哉！

赝换真书

先生元祐间出帅钱塘，视事之初，都商税务押到匿税人南剑州乡贡进士吴味道，以二巨卷作公名衔封至京师苏侍郎宅，显见伪妄。公即呼味道前，讯问其卷中果何物也。味道蹙而前曰："味道今秋忝冒乡荐，乡人集钱为赴省之赆，以百千就置建阳小纱，得二百端，因计道路所经，场务尽行抽税，则至都下不存其半。心窃计之，当今负天下重名而爱奖士类，唯内翰与侍郎耳。纵有败露，必能情贷。味道遂伪假先生台衔，缄封而来，不探知先生已临镇此邦，罪实难逃。幸先生恕之！"公熟视，笑呼掌笺奏书史，令去旧封，换题细衔，附至东京竹竿巷苏侍郎宅。并手书子由书一纸付示，谓味道曰："先辈这回将上天去也无妨。来年高过，当却惠顾也。"味道悚谢再三。次年果登高第。还，具笺启谢殷勤，其语亦多警策。公甚喜，为延款数日而去。

卷七　诗词事略

牧 之 诗 误

《十洲记》载，凤麟洲上多麟凤，人取凤咮及麟角合煎为胶，号"集弦胶"，又名"连金泥"。汉武帝时，西国王使至，献胶四两，尝于上林续弦者是也。而杜牧之诗有"天上凤凰难得髓，何人解合续弦胶"，恐"髓"字误。然髓亦安可为胶也？

冬 瓜 堰 诗 误

《云溪友议》载，酒徒朱冲嘲张祜云："白在东都元已薨，鸾台凤阁少人登。冬瓜堰下逢张祜，牛矢滩边说我能。"以祜时为堰官也。按承吉以处士自高，诸侯府争相辟召，性狷介不容物，辄自劾去，岂肯屈就堰官之辱耶？《金华子杂说》云：祜死，子虞望亦有诗名，尝求济于嘉兴裴宏庆，署之冬瓜堰官。虞望不服，宏庆曰："祜子守冬瓜，已过分矣。"此说似有理也。

作文不惮屡改

自昔词人琢磨之苦，至有一字穷岁月，十年成一赋者。白乐天诗词疑皆冲口而成，及见今人所藏遗稿，涂窜甚多。欧阳文忠公作文既毕，贴之墙壁，坐卧观之，改正尽善，方出以示人。蓮尝于文忠公诸孙望之处得东坡先生数诗稿，其《和欧叔弼》诗云："渊明为小邑。"继圈去"为"字，改作"求"字；又连涂"小邑"二字，作"县令"字，凡三改乃成今句。至"胡椒铢两多，安用八百斛"，初云"胡椒亦安用，乃贮八百斛"，若如初语，未免后人疵议。又知虽大手笔，不以一时笔快为定而惮于屡改也。

司马才仲遇苏小

司马才仲初在洛下，昼寝，梦一美姝牵帷而歌曰："妾本钱塘江上住。花落花开，不管流年度。燕子衔将春色去。纱窗几阵黄梅雨。"才仲爱其词，因询曲名，云是《黄金缕》，且曰"后日相见于钱塘江上"。及才仲以东坡先生荐，应制举中等，遂为钱塘幕官。其廨舍后，唐苏小墓在焉。时秦少章为钱塘尉，为续其词后云："斜插犀梳云半吐。檀板轻笼，唱彻《黄金缕》。梦断彩云无觅处。夜凉明月生春渚。"不逾年而才仲得疾，所乘画水舆舣泊河塘，舵工遽见才仲携一丽人登舟，即前声喏。继而火起舟尾，狼忙走报，家已恸哭矣。

刘景文梦代晋文公

东坡先生称刘景文博学能诗，凛凛有英气，如三国陈元龙之流。元祐五年，坡守钱塘，景文为东南将领，佐公开治西湖，日由万松岭以至新堤。坡在颍州和景文诗，有"万松岭上黄千叶，载酒年年踏松雪。刘郎去后谁复来？花下有人愁断绝"谓此。后坡荐景文得隰州以殁。景文晚岁常梦与晋文公神交，梦中酬唱甚多，家有编录。既至隰州三日，谒神祠，出东城，所历之地及拜瞻神像，晓然梦中往还文公及每至所在也。一日，梦文公，云已受帝旨，得景文为代。月余，景文得疾。郡人有宿郊外者，见郡守严卫而入文公祠中。凌晨趋府，公已属纩矣。

赵德麟跋太白帖

"虽自九天分派，不与万李同林。步处雷惊电绕，空余翰墨窥寻。"此赵德麟跋蕫所藏李太白醉草后，其实自谓也。

暨氏女野花诗

建安暨氏女子,十岁能诗。人令赋《野花》诗,云:"多情樵牧频簪髻,无主蜂莺任宿房。"观者虽加惊赏,而知其后不保贞素。竟更数夫,流落而终。

王子直误疵坡诗

《王子直诗话》云:东坡先生作程筠归真亭诗,有"会看千字谏,木杪见龟趺"。"龟趺"是碑座,不应见于"木杪",指以为病。初不知亭在山半,自下望碑,则"龟趺"正在"木杪",岂真在木上耶?杜子美《北征》诗云:"我行已水滨,我仆犹木末。"岂亦子美之仆留挂"木末"如猿猱耶?

泖茆字异

《松陵唱和诗》陆鲁望赋吴中事云:"三泖凉波鱼蓣动,五茸春草雉媒娇。"注称远祖士衡载泖,从水,而此乃从草。"五茸",吴王猎所;又有陆机茸,皆丰草所在。今观所谓"三泖",皆漫水巨浸,春夏则荷蒲演迤,水风生凉,秋冬则葭苇萧蘙,鱼屿相望,初无江湖凄凛之色,所谓冬暖夏凉者,正尽其美。或谓泖是水死绝处,故江左人目水之停滀不湍者为"泖",不知笠泽何独从"草"?必有所据也。

穿云裂石声

东坡先生《和岗字》诗云:"一声吹裂翠崖岗。"遘家藏公墨本,诗后注云:"昔有善笛者,能为穿云裂石之声。"别不用事也。

月食诗指董秦乃二人

玉川子《月食》诗"官爵奉董秦",恐指董偃、秦宫也。

徐氏父子俊伟

东坡帅杭日,与徐璹全父坐双桧堂,公指二桧曰"二疏辞汉去",璹应声云"大老入周来"。公为击节久之。璹之子端崇,字崇之,少时俊伟,落笔千字。有人得山谷道人《清江词》示之者,崇之曰:"山谷,当今作者,所知渔父止此耶!"或请为赋,援笔立就,其末"鲁邦司寇陈义高,三闾大夫心徒劳。相逢一笑无言说,去宿芦花又明月",识者奇之。政和间,余过御儿,访其隐居。坐定,为余曰:"数夕颇为飞蚊所扰,夜不能寐,因得一绝句云:'空堂夜合势如云,沟壑宁思过去身?满腹经营尽膏血,那知通夕不眠人!'"时蔡京当国,方引用小人,布列要近,赋外横敛,以供花石之费。天下之民,殆不聊生,而无敢形言者。崇之托以规讽云。

关氏伯仲诗深妙

"钟声互起东西寺,灯火遥分远近村",此余友关子东西湖夜归所作,非身到西湖不知此语形容之妙也。关氏诗律精深妍妙,世守家法。子东二兄子容、子开,皆称作者。"野艇归时蒲叶雨,缲车鸣处楝花风。江南旧日经行地,尽在于今醉梦中"。又:"寺官官小未朝参,红日半竿春睡酣。为报邻鸡莫惊起,且容归梦到江南。"此子容诗也。世传以为东坡先生所作,非也。

鸡人唱晓梦联诗

建安郭周孚未第时,梦人以诗一联示之,云"鸡人唱晓沉潜际,汉殿传声仿佛间"。郭于梦中口占续之云："自庆寒儒千载遇,梦魂先得觐天颜。"继于余中榜登甲科。初与同袍伏阙以待唱第,忽闻岧峣间有连声长歌,了不成词调,不觉问其旁坐。有应之者曰："此所谓'鸡人唱晓'也。"郭欣然悟前诗之先定。后恬于仕进,官至员郎,所至以清慎称之。

梦读异诗

莫养正崇宁初在都下,梦人持数诗相视。内一篇语皆剞劂,不可解。既醒,独忆两联云："火轮方击毂,风剑已飞铓。诸天互魔扰,救护世尊忙。"不知何谓也。

熙陵奖拔郭贽

先友郭照为京东宪日,尝为先生言:其曾大父中令公贽初为布衣时,肄业京师皇建院。一日方与僧对弈,外传南衙大王至。以太宗龙潜日尝判开封府,故有"南衙"之称。忘收棋局,太宗从容问所与棋者,僧以郭对。太宗命召至。郭不敢隐,即前拜谒。太宗见郭进趋详雅,襟度朴远,属意再三。因询其行卷,适有诗轴在案间,即取以跪呈。首篇有《观草书》诗云："高低草木芽争发,多少龙蛇眼未开。"太宗大加称赏,盖有合圣意者。即载以后乘,归府第,命章圣出拜之。不阅月而太宗登极,遂以随龙恩命官。尔后眷遇益隆,不十数年,位登公辅。盖与孟襄阳、贾长江不侔矣。

颜几圣索酒友诗

钱塘颜几字几圣,俊伟不羁,性复嗜酒,无日不饮。东坡先生临郡日,适当秋试,几于场中潜代一豪子刘生者,遂魁送。举子致讼,下几吏。久不得饮,密以一诗付狱吏送外间酒友云："龟不灵身褊有胎,刀从林甫笑中来。忧惶囚系二十日,辜负醽醁三百杯。病鹤虽甘低羽翼,罪龙尤欲望风雷。诸豪俱是知心友,谁遣尊罍向北开?"吏以呈坡,坡因缓其狱,至会赦得免。后数年,一日醉卧西湖寺中,起题壁间云:"白日尊中短,青山枕上高。"不数日而终。

米元章遭遇

米元章为书学博士,一日,上幸后苑,春物韶美,仪卫严整,遽召芾至,出乌丝栏一轴,宣语曰:"知卿能大书,为朕竟此轴。"芾拜舞讫,即缩袖,舐笔伸卷,神韵可观,大书二十言以进,曰:"目眩九光开,云蒸步起雷。不知天近远,亲见玉皇来。"上大喜,锡赉甚渥。又一日,上与蔡京论书艮岳,复召芾至,令书一大屏。顾左右宣取笔砚,而上指御案间端砚,使就用之。芾书成,即捧砚跪请曰:"此砚经赐臣芾濡染,不堪复以进御。取进止。"上大笑,因以赐之。芾蹈舞以谢,即抱负趋出,余墨沾渍袍袖而喜见颜色。上顾蔡京曰:"颠名不虚得也。"京奏曰:"芾人品诚高,所谓'不可无一,不可有二'者也。"

何张遗句南金录

遽仲兄遽字子荐,儿时尝过僧居,赋《藏筠轩》诗云:"不使翠分旁牖去,却缘清甚畏人知。"逾冠而卒。与友人张图南伯鹏者俱寓居余杭,又姻家也。伯鹏亦不幸早世。伯鹏尝与余分韵赋诗,继有一诗督余所作云:"坐中病竟分明久,驴上敲推兀未裁。"用事精稳如老作者。惜乎造物者不少假之年,以观其所止也!余尝集二人遗句,名之曰《南金录》,且为之跋云:"方二人为童子时,已有星心月胁中语,惊动老成。逮其知学,复观其所以因材自励、期于至远者,亦若王良、造父秣骥骎而问途,是心岂在夫较蓥策之妙于蚁封之间而已哉!不幸短命,百不一施。所可表见于后,独此编耳。"览者不以为过言。

李嫒步伍亭诗

蓬兄子硕送客余杭步伍亭，就观壁后，得淡墨书字数行，仿佛可辨，笔迹遒媚，如出女手。云："夜台夜复夜，东山东复东。当时九龙月，今日白杨风。"后题云"李嫒书"。详味诗句，似非世人所作。亭后荒圚，有数十冢，疑冢间鬼凭附而书。不然，好事者为鬼语耳。

渔父诗答范希文

关子东云：范希文尝于江山见一渔父，意其隐者也。问姓名不对，留诗一绝而去。独记其两句云："十年江上无人问，两手今朝一度叉。"

王林梅诗相类

王舒公尝赋梅花诗云："须袅黄金危欲坠，蒂团红蜡巧能妆。"与林和靖所赋一联极相似。林云："蕊讶粉绡裁太碎，蒂凝红蜡缀初干。"或谓移林上句合王下句，似为全胜。

苏黄秦书各有僻

东坡先生、山谷道人、秦太虚七丈，每为人乞书。酒酣笔倦，坡则多作枯木拳石以塞人意，山谷则书禅句，秦七丈则书鬼诗。余家收山谷所书禅句三十余首，有云"牵驴饮江水，鼻吹波浪起。岸上蹄踏踏，水中嘴对嘴"，与"自是钓鱼船上客，偶除须鬓着袈裟。佛祖位中留不住，夜来依旧宿芦花"。此二诗，人间计有数十百纸矣。"百花桥下木兰舟，破月冲烟任意流。金玉满堂何所恋？争如年少去来休"，又"溘尔一气散，去托万鬼邻。四大不自保，况复满堂亲？膏血汗厚土，化作丘中尘。空床横白骨，奄忽千岁人"。秦七丈屡书此二诗。余所藏大字小字各有二本。

骂胥诗对

福唐张道人多与人言偈，语人祸福如徐神公言《法华》，既过无不神验者。然亦时有戏剧警动小人者。郡有胥魁，其性刚悍，素为郡人所恶。偶以年劳出职，既府谢而出，跃马还家，道逢道人，冲突而过。既内不自安，下马挽张，且求偈言。张于茶肆取纸大书，与之曰："畜生骑畜生，两个不相争。坐者只管坐，行者只管行。"胥览之，大惭而退。余儿时尝闻，魏处士隐居陕府，有孔目官姓王者好为恶诗，尝至东郊，举示魏，及言其精于属对。魏甚苦之，而不能却也。一日，忽有数客访魏，而王至，云："某夜得一联，似极难对。能对者当输一饭会。"众请其句，云："笼床不是笼床，蚊厨乃是笼床。"方窃自称奇，而魏即应声曰："我有对矣。可以'孔目不是孔目，驴纣乃是孔目'。"一座称快。王即拂袖而出，终身不至草堂也。盖小人儳妄，不可堪忍，虽大修行人与大雅君子，箭在机上不得不发也。

陆规七岁题诗

陆农师左丞之父少师公规，生七岁不能言。一日，忽书壁间云："昔年曾住海三山，日月宫中数往还。无事引他天女笑，谪来为吏向人间。"自此能言语。后登进士第，官至卿监，寿八十而终。

辨月中影

王荆公言：月中仿佛有物，乃山河影也。至东坡先生亦有"正如大圆镜，写此山河影。妄言桂兔蟆，俗说皆可屏"之句。以二先生穷理尽性，固当无可议者。然尚有未尽解处，今以半镜悬照物像，则全而见之；月未满，则中之物像亦只半见，何也？

兔有雄雌

东坡先生云："中秋月明，则是秋必多兔。"野人或言："兔无雄者，望月而孕。"信斯言，则《木兰诗》云"雌兔眼迷离，雄兔脚扑握"，何也？先生《径山》诗有"暖足惟扑握"。若雄兔在月，则径山正公又非得而暖足也。

诗句七十二取义

《玉台》诗："入门时左顾，但见双鸳鸯。鸳鸯七十二，罗列自成行。"孟东野《和蔷薇歌》："仙机札札飞凤凰，花开七十有二行。"不知皆用"七十二"，取义何也？

花色与香异

"酒成碧后方堪饮，花到白来元自香"，此赵丈德麟赋《玉簪花》诗也。历数花品，白而香者，十花八九也。香至于菊，则花白者辄无香。花之黄者十亦八九无香，至于菊则黄者乃始有香。是亦所禀之异，未易以理推者也。

后山评诗人

后山诗评云："诗欲其好，则不能好。王介甫以工，苏子瞻以新，黄鲁直以奇，独子美之诗奇常、工易、新陈无不好者。"至荆公之论，则云："杜诗固奇，就其中择之，好句亦自有数。"岂后山以体制论，荆公以言句求之耶？

卷八 杂书琴事墨说附

辨广陵散

《广陵散》，传称嵇中散受之神人。至唐韩皋又从而为之说云：康制此曲，缓其商弦，与宫同音，臣夺君之义，知司马氏有篡魏之心。王陵、毌丘俭诸人继为扬州都督，咸谋兴复，俱为晋宣父子所杀。扬州，故广陵地。康避世祸，托之鬼神，以俟知音者云。皋诚赏音者，然初不详考。汉魏时扬州刺史治寿春，广陵自属徐州，至隋唐乃为扬州耳。又刘潜《琴议》称杜夔妙于《广陵散》，嵇中散就其子猛求得此声。按夔在汉为雅乐郎，魏武平荆州，得夔喜甚，因令论制乐事。在夔已妙此曲，则慢商之声似不因广陵兴复之举不成而制曲明矣。政和五年二月十五日，乌戍小隐听照旷道人弹此曲，音节殊妙，有以感动坐人者。或疑前后所传之异，因以所闻并记坐人所举琴事，参而书之。

六琴说

《尔雅》大琴谓之离，二十七弦。舜弹五弦之琴而天下治。尧加二弦，以合君臣之恩。蔡邕益之为九。汉高祖入咸阳宫，得铜琴十三弦，铭之曰"璠玙之乐"。马明生仙游，见神女于玉几上弹一弦琴，而五音具奏。此六琴虽损益各有意义，而世所共传者七弦也。余于是知法出乎尧者，虽亘千古而无弊，非智巧之所能变易也。

古琴品饰

秦汉之间所制琴品，多饰以犀玉金彩，故有"瑶琴"、"绿绮"之号。《西京杂记》：赵后有琴名"凤凰"，皆用金隐起为龙凤、古贤、列女之像。嵇叔夜《琴赋》所谓"错以犀象,藉以翠绿,爰有龙凤之像,古人之形"是也。

古声遗制

余谓古声之存于器者,唯琴音中时有一二。不患其器之朴拙,使人援弦促轸,想见太古自然之妙,然后为胜。近世百器惟新,惟琴器略无华饰,以最古蛇腹纹为奇。至有缝张池坼而声不散者,亦不加完。独此有三代遗制云。

叔夜有道之士

孔子既祥五日,弹琴而不成声。言其哀心未忘也。夫哀戚之小存于中,则弦手犁然而不谐,此理之必然者。余观嵇中散被谮就刑,冤痛甚矣,而叔夜乃更神色夷旷,援琴终曲,重叹《广陵》之不传。此真所谓有道之士,不以死生婴怀者。若彼中无所养,则赴市之时,神魄荒扰,呼天请命之不暇,岂能愉心和气,雍容奏技,如在暇豫时耶?惜哉!史氏不能逆彼心寄,表示后人,谓其拳拳于一曲,失士多矣!

明皇好恶

唐明皇雅好羯鼓,尝令待诏鼓琴,未终曲而遣之,急令"呼宁王,取羯鼓来,为我解秽"。噫!羯鼓,夷乐也;琴,治世之音也。以治世之音为"秽",而欲以荒夷洼淫之奏除之,何明皇耽惑错乱如此之甚!正如弃张曲江忠鲠先见之言,而狎宠禄山侧媚悦己之奉。天宝之祸,国祚再造者,实出幸矣。

蔡嵇琴赋

蔡中郎《琴赋》云:"左手抑扬,右手徘徊。指掌反覆,抑按藏摧。"

嵇叔夜亦云："徘徊顾慕，拥郁抑按。盘桓毓养，从容秘玩。"人知"藏摧""毓养"四字之妙，虽试手调弦，已胜常人十年上用。

击　琴

宋柳恽尝赋诗未就，以笔捶琴，客有以箸和之，恽惊其哀韵，乃制为雅音。后传击琴，盖自恽始。近世不复传此，正恐失古人搏拊之意，流入筝筑耳。

有 道 之 器

褚彦回常聚袁粲舍，初秋凉夕，风月甚美，彦回援琴奏《别鹄》之曲，宫商既调，风神谐畅。王彧、谢庄并在粲坐，抚节而叹曰："以无累之神，合有道之器，宫商暂离，不可得已。"彦回风流和韵，施之燕闲，故是佳士；若当艰危之际，以一家物与一家，亦痛其须髯如棘，无丈夫意气耳。

闻 弦 赏 音

萧思话领右卫军，尝从宋武登钟山北岭，中道有磐石清泉，宋武使于石上弹琴，因赐以银钟酒，谓之曰："赏卿有松石间高意。"余谓促轸动操，超然有高山远水之思者，故不乏人；而闻弦赏音，最为难遇。此伯牙所以绝弦于钟期之死也。

琴　趣

鸣弦转轸，要先有钩深致远之怀，不规规于弦手之间期较工拙，便为造微入妙。如孙登弹琴，颓然自得，风神超迈，若游六合之外者。桓大司马、谢祖仁于北牖下弹琵琶，自有天际意。此为得之。

焦　尾

《搜神记》载吴人有以枯桐为爨者。蔡伯喈闻其爆声,知其为良桐。请于主人,削之为琴,果有殊声。而烧痕不尽,因名之"焦尾"。后人遂效之。如林宗折巾、飞燕唾花,皆以丑为妍也。

雷琴四田八日

东坡先生《书琴事》云:"家有雷琴,破之,中有'八日合'之语,不晓其何谓也。"先生非不解者,表出之,以令后人思之耳。盖古"雷"字从四田。四田析之,是为"八日"也。

记　墨

烟香自有龙麝气

西洛王迪,隐君子也。其墨法止用远烟、鹿胶二物,铣泽出陈赡之右。文潞公尝从迪求墨,久之,持烟一奁见公,且请以指按烟,指起烟亦随起,曰:"此烟之最轻远者。"及抄烟以汤瀹起,揖公对啜云:当自有龙麝气,真烟香也。凡墨入龙麝,皆夺烟香。而引蒸湿,反为墨病。俗子不知也。

陈赡传异人胶法

陈赡,真定人。初造墨,遇异人传和胶法,因就山中古松取煤,其用胶虽不及常和、沈珪,而置之湿润初不蒸,则此其妙处也。又受异人之教,每斤止售半千,价虽廉而利常赢余。余尝以万钱就赡取墨,适非造墨时,因返金,而以断裂不完者二十笏为寄,曰:"此因胶紧所致，非深于墨，不敢为献也。"试之，果出常制之右。余宝而用之。并就真定公库转置得百笏，自谓终身享之不尽。胡马南渡，一扫无余。继访好事所藏，盖一二见也。缘赡在宣和间已自贵重，斤直五万，比其身在，盖百倍矣。赡死，婿董仲渊因其法而加胶，墨尤坚致。恨其即死，流传不多也。董后有张顺，亦赡婿，而所制不及渊，亦失赡法云。

潘谷墨仙揣囊知墨

潘谷卖墨都下。元祐初，余为童子，侍先君居武学直舍中。谷尝至，负墨篓而酣咏自若，每笏止取百钱。或就而乞，探篓取断碎者与之，不吝也。其用胶不过五两之制，亦遇湿不败。后传谷醉饮郊外，经日不归，家人求之，坐于枯井而死，体皆柔软，疑其解化也。东坡先生尝赠之诗，有"一朝入海寻李白，空看人间画墨仙"之句，盖言其为墨隐也。山谷道人云："潘生一日过余，取所藏墨示之。谷隔锦囊揣之曰：'此李承宴软剂，今不易得。'又揣一曰：'此谷二十年造者，今精力不及，无此墨也。'取视果然。"其小握子墨，医者云可入药用，亦藉其真气之力也。

漆 烟 对 胶

沈珪，嘉禾人。初因贩缯往来黄山，有教之为墨者。以意用胶，一出便有声称。后又出意取古松煤，杂用脂漆滓烧之，得烟极精黑，名为"漆烟"。每云：韦仲将法止用五两之胶，至李氏渡江，始用对胶，而秘不传为可恨。一日，与张处厚于居彦实家造墨，而出灰池失早，墨皆断裂。彦实以所用墨料精佳，惜不忍弃，遂蒸浸以出故胶，再以新胶和之。墨成，其坚如玉石。因悟对胶法。每视烟料而煎胶，胶成和煤，无一滴多寡也。故其墨铭云"沈珪对胶，十年如石，一点如漆"者，此最佳者也。余识之盖二十年矣。其为人有信义，前后为余制墨计数百笏。庚子寇乱，余避地嘉禾，复与珪连墙而居。日为余言胶法，并观其手制。虽得其大概，至微妙处，虽其子宴亦不能传也。

珪年七十余终，宴先珪卒，其法遂绝。有持张孜墨较珪漆烟而胜者，珪曰此非敌也。乃取中光减胶一丸，与孜墨并，而孜墨反出其下远甚。余叩之，曰：廷珪对胶，于百年外方见胜妙。盖虽精烟，胶多则色为胶所蔽。逮年远，胶力渐退，而墨色始见耳。若孜墨，急于目前之售，故用胶不多而烟墨不昧；若岁久胶尽，则脱然无光，如土炭耳。孜墨用宜西北，若入二浙，一遇梅润则败矣。滕令嘏监嘉禾酒时，延致珪甚厚，令尽其艺。既成，即小丸磨试，而忽失所在。后二年浚池得之，其坚致如故。令嘏，庄敏公之子，所蓄古墨至多，而有鉴裁。因谓珪曰："幸多自爱，虽二李复生，亦不能远过也。"

洙泗之珍

东鲁陈相作方圭样，铭之曰"洙泗之珍"。佳墨也。

二李胶法

柴珣，国初时人，得二李胶法，出潘、张之上。其作玉梭样，铭曰"柴珣东窑"者，士大夫得之，盖金玉比也。

都下墨工

崇宁已来都下墨工，如张孜、陈昱、关珪、弟瑱、郭遇明，皆有声称，而精于样制。

买烟印号

黄山张处厚、高景修皆起灶作煤，制墨为世业。其用远烟鱼胶所制，佳者不减沈珪、常和。沈珪、江通辈或不自入山，亦多即就二人买烟，令渠用胶，止各用印号耳。

软 剂 出 光 墨

九华朱觐亦善用胶,作软剂出光墨。庄敏滕公作郡日,令其子制,铭曰"爱山堂造"者最佳。子聪不逮其父。

紫 霄 峰 墨

大室常和,其墨精致,与其人已见东坡先生所书。极善用胶。余尝就和得数饼,铭曰"紫霄峰造"者,岁久,磨处真可截纸。子遇不为五百年后名,而减胶售俗,如江南徐熙作落墨花,而子崇嗣取悦俗眼,而作没骨花,败其家法也。

南 海 松 煤

近世士人游戏翰墨,因其资地高韵,创意出奇,如晋韦仲将、宋张永所制者,故自不少。然不皆手制,加减指授善工而为之耳。如东坡先生在儋耳,令潘衡所造,铭曰"海南松煤,东坡法墨"者是也。其法或云每笏用金花烟脂数饼,故墨色艳发,胜用丹砂也。

苏浩然断金碎玉

支离居士苏澥浩然所制,皆作松纹皱皮,而坚致如玉石。余与其孙之南字仲容游,其家所藏不过数笏。而余于李汉臣丈得半笏,持视仲容,云"真家宝也"。神庙朝,高丽人入贡,奏乞浩然墨。诏取其家,浩然止以十笏进呈。其自珍秘盖如此。世人有获其寸许者,如断金碎玉,乃争相夸玩云。大观间,刘无言取其制铭,令沈珪作数百丸,以遗好事及当朝贵人。故今人所藏,未必皆出浩然手制。珪作此墨,亦非近世之墨工可及,实可乱真也。

寄寂堂墨如犀璧

晁季一生无它嗜，独见墨丸，喜动眉宇。其所制铭曰"晁季一寄寂轩造"者，不减潘、陈。贺方回、张秉道、康为章皆能精究和胶之法，其制皆如犀璧也。

精 烟 义 墨

余尝于章序臣家见一墨，背列李承宴、李惟益、张谷、潘谷四人名氏。序臣云："是王量提学所制，患无佳墨，取四家断碎者再和胶成之，自谓胜绝。此其见遗者。"因谓序臣曰："此亦好奇之过也。余闻之，制墨之妙，正在和胶。今之造佳墨者，非不择精烟，而不能佳绝者，胶法谬也。如不善为文而取五经之语，以己意合而成章，望其高古，终不能佳也。"序臣又曰："东坡先生亦尝欲为雪堂义墨，何也？"余曰："东坡盖欲与众共之，而患其高下不一耳，非所谓集众美以为善也。"

唐高宗镇库墨

近于内省任道源家见数种古墨，皆生平未见，多出御府所赐。其家高者，有唐高宗时镇库墨一笏，重二斤许，质坚如玉石，铭曰"永徽二年镇库墨"，而不著墨工名氏。

十 三 家 墨

余为儿时，于彭门寇钧国家见其先世所藏李廷珪下至潘谷十三家墨，断珪残璧，璨然满目。其廷珪小挺，岁久不见胶彩，而书于纸间视之，其黑皆非余墨所及。东坡先生临郡日，取试之，为书杜诗十三篇，各于篇下书墨工姓名，因第其品次云。

墨工制名多蹈袭

墨工制名，多相蹈袭，其偶然耶？亦好事者冀其精艺追配前人，故以重名之也。南唐李廷珪，子承宴；今有沈珪，珪子宴；又有关珪。国初张遇，后有常遇，和之子；又有潘遇，谷之子。黟川布衣张谷所制得李氏法，而世不多有；同时有潘谷；又永嘉叶谷作油烟与潭州胡景纯相上下，而胶法不及。陈赡之后，又有梅赡云。耿德真，江南人，所制精者不减沈珪。惜其早死，藏墨之家不多见也。

杂取桦烟

三衢蔡瑫，虽家世造墨，而取烟和胶皆出众工之下。其煤或杂取桦烟为之，止取利目前也。

油松烟相半则经久

近世所用蒲大韶墨，盖油烟墨也。后见续仲永言：绍兴初，同中贵郑几仁抚谕少师吴玠于仙人关，回舟自涪陵来，大韶儒服手刺，就船来谒。因问油烟墨何得如是之坚久也。大韶云：亦半以松烟和之，不尔则不得经久也。

墨 磨 人

一日谒章季子于富春之法门寺，出廷珪墨半笏为示，初不见胶彩，云是其大父申公所藏者。其墨匣亦作半笏样，规制古朴，是百余年物。东坡先生所谓"非人磨墨墨磨人"者，不虚语也。

桐华烟如点漆

潭州胡景纯专取桐油烧烟，名"桐花烟"。其制甚坚薄，不为外饰以眩俗眼。大者不过数寸，小者圆如钱大。每磨研间，其光可鉴。画工宝之，以点目瞳子，如点漆云。

廷珪四和墨

余偶与曾纯父论李氏对胶法，因语及嘉禾沈珪与居彦实造墨再和之妙。纯父曰：顷于相州韩家见廷珪一墨，曰"臣廷珪四和墨"，则知对胶之法寓于此也。

唐水部李惒制墨

王景源使君所宝古墨一笏，盖其先待制公所藏者。背铭曰"唐水部员外郎李惒制"，云诸李之祖也。黎介然一见，求以所用端石研易之，景源久之方与。后携研至行朝，有贵人欲以五万钱易研，景源竟惜不与也。

卷九 记研

端溪龙香砚

临汝史君黄莘任道所宝龙香砚,端溪石也。史君与其父孝绰字逸老皆有能书名,故文房所蓄,多臻妙美。砚深紫色,古斗样,每贮水磨濡久之,则香气袭人,如龙脑者。云先代御府中物。任道既终,其子材纳之圹中。

歙山斗星研

歙之大姓汪氏,一夕山居,涨水暴至,迁寓庄户之庐。庄户,砚工也。夜有光起于支床之石,异而取之,使琢为砚石。色正天碧,细罗文,中涵金星七,布列如斗宿状,辅星在焉。因目之为"斗星研"。汪自是家道饶,益惧为要人所夺,秘不语人。每为周旋人一出,必焚香再拜而视之。方腊之乱,亡之矣。僧谦云。

龙尾溪月砚

三衢徐氏所宝龙尾溪石,近贮水处有圆晕,几寸许,正如一月状。其色明暗,随月亏盈。是亦异矣! 余母舅祝君子与之姻家,数见之。今不知所在。

玉蟾蜍研

吴兴余拂君厚家所宝玉蟾蜍研,其广四寸而长几倍,中受墨处独不出光。云是南唐御府中物。余与许师圣崇宁间过余氏借观,时君

厚母丧在殡,正怀研枢侧,已而闻袖中喷然有声,视之,蟾脑中裂如
丝。盖触尸气所致也。

端溪紫蟾蜍研

紫蟾蜍,端溪石也。无眼,正紫色,腹有古篆"玉溪生山房"五字。
藏于吴兴陶定安世家,云是李义山遗研。其腹疵垢,真数百年物也。
其盖有东坡小楷书铭云:"蟾蜍爬沙到月窟,隐避光明入岩骨。琢磨
黝赪出尤物,雕龙渊懿倾瀣渤。"安世屡欲易余东坡醉草,未许,而以
拱璧易向叔坚矣,即以进御,世人不复见也。

丁晋公石子砚

黄叔几为余言:丁晋公好蓄瑰异,宰衡之日,除其周旋为端守,
属求佳研。其人至郡,前后所献几数百枚,皆未满公意。一日,砚工
见有飞鹭翘驻潭心,意非立鹭之所,因令没人视之,见下有圆石,大如
米斛,块处潭中,似可挽取。疑其有异,即以白守,集渔户维舟出之。
石既登岸,转仄之,若有涵水声。研工视之,贺曰:"此必有宝石藏中,
所谓'石子'者是也。相传天产至玺,滋荫此潭,以孕崖石,散为文字
之祥。今日见之矣!"即丛手攻剖,果得一石于泓水中,大如鹅卵色,
紫玉也。中剖之为二研,亟送其一。公得之喜甚,报书云:"研应有
二,何为留一自奉? 得无效雷丰城之留莫邪否? 此非终合之物也。"
守曰:"天下至宝,不可萃于一家,以启人贪心。"托以解职后面献。而
公以擅移陵寝事籍其家矣,而研不知所在。

金 龙 砚

余友何持之,滕庄敏之甥。所蓄瑰异,多外舅故物,而有赏鉴。
为余言:其亲党氏有先为端州者,得二岩石砚璞,藏之再世矣。后其
孙于京师得铁镜,背铭高古,有道人请为磨治,云须得美石,有锋刃而

不列,如端溪石者,发其光彩,则尽善矣。因以一璞付之。镜湖以归,曰:"是非尤物,研璞殆希世之珍,非与我百千不能赏余精识,且出斯宝也。"其孙惊异许之,而持璞去,三日来示曰:"使公见其梗概也。"细视之,则石面脉理深青色,盘络如柏枝状,漫不晓其为何等物也。道人索酒,引满大笑,复持璞去,曰:"后十日可贺。请宿备所偿之直,吾将远游湖海,不能待也。"及期出砚,砚正圆,中径七八寸,浑厚无眼,如马肝色,中盘一金色龙,头角爪尾粲然毕具。会有知者,即以进御。或言禁中先已有一研矣。

吕 老 锻 研

高平吕老造墨常山,遇异人传烧金诀,锻出视之,瓦砾也。有教之为研者,研成,坚润宜墨,光溢如漆,每研首必有一白书"吕"字为志。吕老既死,法不授子,而汤阴人盗其名而为之甚众。持至京师,每研不满百钱之直。至吕老所遗,好奇之士有以十万钱购一研不可得者。研出于陶,而以金铁物划之不入为真。余兄子硕所获而作玉壶样者,尤为奇物。余尝为之铭曰:"真仙戏幻,锻瓦成金;老吕受之,铸金作瓦。置之篱壁,以睨其璞。顾彼瓴甓,为有惭德。范而为研,以极其妙,则金瓦几于同价。"

澄 泥 研

悟靖处士王衮天诱所藏澄泥研,正紫色而坚泽,如端溪石。扣之,铿然有声;以金铁划之,了无痕衅。或疑是泽州吕老所作,而研首无"吕"字。其制巧妙,非俗士所能为。天诱云:米元章见之,名孙真人研。是非故无所稽考,自是一种佳物也。

铜 雀 台 瓦

相州,魏武故都,所筑铜雀台,其瓦初用铅丹杂胡桃油捣治火之,取其不渗，雨过即干耳。后人于其故基掘地得之，镌以为研。虽易得墨，而终乏温润，好事者但取其高古也。下有金锡文为真。每砚成，受水处常恐为沙粒所隔，去之则便成沙眼，至难得平莹者。盖初无意为研，而不加澄滤，如后来吕砚所制也。章序臣得之，属余为诗，将刻其后。云："阿瞒恃奸雄，挟汉令天下。惜时无英豪，磔裂异肩踝。终令盗抔土，埏作三台瓦。虽云当涂高，会有食槽马。人愚瓦何罪？沦蛰翳梧槚。锡花封雨苔，鸳彩晦云罅。当时丹油法，实非谋诸野。因之好奇士，探琢助挥写。归参端歙材，坚泽未渠亚。章侯捐百金，访获从吾诧。兴亡何复论，徒足增忿骂。但嗟瓦砾微，亦以材用舍。从令瓴甓余，当擅琼瑰价。士患德不修，不忧老田舍。"

南皮二台遗瓦研

"魏武都邺，筑三台以居，铜雀其一也，最为壮丽。后世耕者得其瓦于地中，好事者斫以为研，号为奇古。欧阳文忠公尝得于谢景山，作歌以酬之者是也。魏武既破袁绍于冀州，绍死，逐其子谭于南皮，筑台以候望某军，而名曰'袁候台'。魏文帝与吴质从容游集于南皮，亦筑台以居，名'宴友'。至今南皮有二台故址在焉。人有得其遗瓦，形制哆大，击之铿然有声。吾之子莲取其断缺者规以为研，其坚与铁石竞，屡败工斫之具，仅能窊之，而特润致发墨可用。知昔人创物制器，虽甚微者，皆所不苟，非若后世之简陋也。"此先君所序。而莲铭之曰："方峥嵘焕奕于一时之盛兮，讵知夫隆栋必倾而华榱终折？泪毁掷埋委于千载之下兮，孰期乎澡泽荐藉而参夫文房四宝之列？盖物之显晦也有时，而事之兴废也常迭。遗材良而质美者，虽亘千古兮不随众物而湮灭。"

端石莲叶研

余过嘉禾王悟静处士，坐间有客怀出莲叶研，端石也。青紫色，有二碧眼，活润可爱。形制复甚精妙，正如芳莲脱叶状。其薄如五六重纸,大如掌。磨之索索有声,而墨光可鉴也。其人甚惜,不可得,特记其精制。喻研工,终不能为也。

风字晋研

风字研,石色正青紫相参,无眼,甚薄,研心磨已洼下,背绿皴剥。殆非近代物。与墨为人,光滟如漆。王天诱见之,以为晋研。后易铜炉于章序臣,序臣携至行朝,为一嗜研贵人力取去。其人所蓄数百枚,而此研为之冠也。

乌铜提研

乌铜提砚,余于钱唐得之。制作非近世所为,柄容墨浆可半升许。亦为章序臣易去。关子东见之而铭之曰:"铸金为瓠,提携颠倒。持指之宜,发于隐奥。寒暑燥湿,不改其操。君子宝之,庶几允蹈。"

古斗样铁护研

余兄宗胜所用铁护研,端溪石,正紫色,无眼,古斗样,温润如玉。为涤者堕地,缺其受水处。慨惜之余,乃取以漆固,而铁护其外,中固无伤也。薳铭之曰:"左礜马宫,形则亏矣。胸中之书,震耀百世。"

吴兴许采五砚

吴兴许采字师正,字画规模钟司徒,殆窥其妙。自为儿时已有研癖,所藏具四方名品,几至百枚,犹求取不已。常言:"吾死则以砚甃圹,无遗恨矣。"最佳者,得蔡君谟所宝端溪研一,圆厚寸余,中可径尺,色正青紫,缘有一眼才如箸大,名之"景星助月"。又得二石,一以分余,玉堂样,色绀青,类洮河石。面有十数晕,金翠周间,与孔雀毛间金花正相类。甚宜墨。而不知石所从出。又一端石,古斗样,长尺余，马肝色。下有王禹玉丞相书"玉堂旧物"四字。又圆研，下岩石，有二碧眼，中极洼下，温润发墨。师正常所用者。莫养正为之铭曰："圆如月，洼如尊。勿谓其琢削不巧，见谓椎鲁无文。即而视之，其中甚温。"又一端石玉堂样者授余，深紫色，无眼。余命之曰"端友"，且为之铭云："君子取友必端，子有韫玉之美，复具眼而知默；祈渐摩以穷年，为何子之三益也。"

赵水曹书画八砚

水曹赵竦子立，文章翰墨皆见重于前辈。薳先博士为徐州学官日，赵献状开凿吕梁百步之崄，置局城下，最为周旋。其重定《华夷图》，方一尺有半，字如蝇头而体制精楷。苏州张琪妙于刊镌，三年而后成。甚自秘惜，不易以与人，与其所获丁晋公家王右军小楷《乐毅论》椟藏自随，得之者以为珍玩。先子所得，才三四数也。其所用砚，端石，长尺余，阔七八寸，温润宜墨。云端石若此大者至艰得，求之十年而后获。上下界为八砚，云性懒涤砚，又不奈宿墨滞笔，日用一砚，八日而周，始一濯之，则常用新砚矣。故名"八面受敌"云。

赵安定提研制

《砚谱》称唐人最重端溪石，每得一佳石，必梳而为数板，用精铁为周郭。青州人作此，至有名家者，历代宝□。余于崇宁间见安定郡王赵德麟丈所用一枚，作提研制。绍兴四年，复拜公于钱塘涌金门赐第，出研案间，云：生平玩好，尽丧盗手。而此研常所受用，复外样拙，贪者不取，得周旋至今。余亦抚之怅然也。近章伯深偶于钱塘铁肆中得一枚，绝与赵类而非是也，求易余东坡所画鹊竹而得之。工制坚密，今人不能为也。

龙尾溪研不畏尘垢

涵星研，龙尾溪石，"风"字样。下有二足，琢之甚薄。先博士君得之于外俉黄材成伯。黄以嗜研，求为婺源簿。既至，顾视一老砚工甚至。秩满，而研工钱之百里，探怀出此研为赆，且言："明府三年之久，所收无此研也。"黄始责其不诚。工云："凡临县者，孰不欲得佳研？每研必得珍石，则龙尾溪当泓为鲸海不给也。此石岁采不过十数，幸善护之！"然研如常研，无甚佳者。但用之至灰埃垢积，经月不涤，而磨墨如新，此为胜绝耳。先子性率，不耐勤涤，得此用之终身云。莫养正为之铭曰："肤寸之珍，云蒸雾出。小而有容，如摩诘室。老何肺肠，与之为一。季子受之，周旋勿失。"

郑魁铭研诗

永嘉林叔睿所藏端石，马蹄样，深紫色，厚寸许，面径七八寸。下有郑魁铭诗，隶字甚奇，云："仙翁种玉芝，耕得紫玻璃。磨出海鲸血，鉴成天马蹄。润应通月窟，洗合就云溪。常恐魍魉夺，山行亦自携。"砚之妙美，尽于铭诗，而末句所寄旨哉！

李端叔铭僧研

比邱了能蓄端研，古斗样，青紫色，有二眼，碧晕活润。背有李端叔铭云："踏碓是向上机，不识字是第一义。遂乃传子传孙，至今为祥为瑞。有美了能比邱，人上长出一头。名字半露消息，伎俩非闻思修。发明前身不识字，后身涌出江河流。墨可泐，一能两身，具眼者识。"李丈家集遗此铭，故录之。

跃鱼见木石中

徐州护戎陈皋供奉行田间，遇开墓者，得玛瑙盂，圆净无雕镂纹。盂中容二合许，疑古酒卮也。陈用以贮水注砚，因间砚之中。有一鲫，长寸许，游泳可爱。意为偶汲池水得之，不以为异也。后或疑之，取置缶中，尽出余水验之，鱼不复见。复酌水满中，须臾，一鱼泛然而起,以手取之,终无形体可拘。复不可知为何宝也。余视之数矣。时水曹赵子立被旨开鉴吕梁之崄,辟陈督役,目睹斯异,因言其顷在都下,偶以百钱于相国寺市得一异石,将为纸镇,遇一玉工求以钱二万易之,赵不与。玉工叹息数四,曰:"此宝非余不能精辨,余人一钱不直也。"持归几年,了无他异。其季子康不直工言,以斧破视之,中有泓水,一鲫跃出,拨剌于地。急取之,亡矣。是亦斯盂之类也。余又记《虏庭杂记》所载,晋出帝既迁黄龙府,虏主新立,召与相见。帝因以金碗、鱼盆为献。金碗半犹是磁,云是唐明皇令道士叶法静治化金药成,点磁盆试之者。鱼盆则一木素盆也,方圆二尺,中有木纹成二鱼状,鳞鬣毕具,长五寸许。若贮水用,则双鱼隐然涌起。顷之,遂成真鱼。覆水,则宛然木纹之鱼也。至今句容人铸铜为洗名双鱼者,用其遗制也。

铜蟾自滴

古铜蟾蜍,章申公研滴也。每注水满中,置蜍研厌,不假人力而蜍口出泡,泡殒则滴水入研。已而复吐,腹空而止。米元章见而甚异之,求以古书博易,申公不许。后失之,或见之宝晋斋。申公之孙伯深云。

雷斧研铭

余经雪川,偶得数雷斧于耕夫,虽小大不等,而体皆如玉。因择其厚者洼而为研,肤理锐泽,取墨磨研而墨光可鉴。但恨其大而薄者不容洼治,则以铁为周郭,如青州提研所制,亦几案间一尤物也。因铭之曰:"石化殒星,龙雨刀槊。是从震霆,散坠风雹。形实斧也,其质玉璧。洼而为砚,以资锐泽。与翰墨而周旋,诛奸谀之死魄。"

卷十　记丹药

序　丹　灶

丹灶之事，士大夫与山林学道之人喜于谈访者，十盖七八也，然不知皆是仙药丹头也。自三茅君以丹阳岁歉，死者盈道，因取丹头点银为金，化铁为银，以救饥人。故后人以锻粉点铜，名其法曰"丹阳"；以死砒点铜者，名其法曰"点茆"。亦有取丹头初转伏朱以养黄茆，死磠以干汞，如汉之王阳、娄敬，唐之成弼，近世王捷，成鸦嘴金以助国用者，不可谓世无此法也。但得之者真龟毛兔角，而为之致祸者十八九也。如东坡先生、杨元素内相，皆密受真诀，知而不为者。章申公、黄八座道夫皆访求毕世，费资巨万，而了无一遇者。

凤翔僧锻朱熔金

东坡先生初官凤翔日，遇一老僧，谓之曰："我有锻法，欲以相授，幸少憩我庐也。"坡语僧曰："闻之太守陈公尝求而不与，我固无欲，乃以见授，何也？"僧曰："我自度老死无日，而法当传人。然为之者多因致祸，非公无可授者。但勿妄传贪人耳。"后陈公知坡得之，恳求甚力，度不可不与。陈得而为之，不久果败官而归。其法：以一药锻朱，取金之不足色者，随其数，每一分入锻朱一钱，与金俱熔。既出坯，则朱不耗折，而金色十分耳。颍滨遗老亦详记之《龙川录》云。

居四郎伏朱锻丹砂

密院编修居世英之父居四郎者，少遇异人，得锻朱法。其法取辰锦颗块砂，不计多少，以一药铺盖锻之。朱已伏火，即日用炭火二两空养。不论岁月，要用即取水银与足色金对母结成母砂子，取锻朱细研，以津调匀，涂砂球上，炽炭十斤，笼砂锻之。俟火半紫焰起，去火出宝，淬梅水中，则俱成紫磨金。不再坏溶，便可制器用也。而老居未尝对人言，亦未辄用一钱也。临终呼世英，语之曰："我之锻法，世唯语韩魏公矣。非魏公德业之厚，余人不可授也。我亦不当授汝，汝分中合得，后自当有授汝者。然亦素知我有此法，必费妄求访，以尽资用。"因语数法，皆不能成宝，世谓"爇法"者授之。并语目睹数人缘此而致祸者以戒之。

瓢内出汞成宝

承议郎贺致中为余言：任德翁之犹子尝随德翁入都，舣舟相国寺桥，遇一道人，邀坐茶肆，手出小药瓢云："吾视官人盖留心丹灶有年，而未有所得者。今能施我百钱，当以此瓢为赠。夜以水银一两投中，翌早收取二两干银也。"任意谓必无此理，然亦不能违其请，倾箧得百钱与之，袖瓢而归。夜取汞试纳瓢中，置之枕间。次夕醉中探手撼瓢，则其声董董然，汞如故也。置之不复视。一日，德翁须汞为用，任欣然取器分取，既倾器中则坚凝成宝矣。入火烹炼，了无耗折。自此夕注晨取，无不成宝者。盖真仙丹药所制，汞感丹气，自然凝结。但不知出瓢始凝之理。向使在瓢即坚，则破瓢而取，止于一作而已。此亦真仙神化无方，非尘凡之可理度者。任无妻孥之累，资用素穷，既日获一星之利，于是厚为己奉。不逾年，一病而卒，瓢亦随失之也。

丹阳化铜

薛驼，兰陵人，尝受异人锻砒粉法，是名"丹阳"者。余尝从惟湛师访之，因请其药。取帖药，抄二钱匕，相语曰："此我一月养道食料也。此可化铜二两为烂银，若就市货之，锻工皆知我银可再入铜二钱，比常直每两必加二百付我也。"其药正白，而加光璨，取枣肉为圆，俟溶铜汁成，即投药甘锅中。须臾铜汁恶类如铁屎者胶着锅面，以消石搅之,倾槽中,真是烂银。虽经百火,柔软不变也。此余所躬亲试而不诬者。后亦许传法,而贼乱,不知所在矣。

锻消愈疾制汞

姑苏查先生得锻消石法,章申公与之为莫逆,而法不传也。尝遇一病僧而悯之,取消作盂,令日煎水饮之。服之月余,病良已。僧有周旋,过而询其由,以饮煎水为言。是僧素知查术,曰:"此伏消所成也,当取汞置盂中,就火试之。"果致汞死。僧更以为希世之遇,即往礼谢再三,且语其盂之异,复恳求其法。查曰:"法固未易传,而前盂用力将竭,可携来,为公加药为之也。"僧取盂授查,即碎盂别熔。门临大河,俟消成汁,即钳投水中,曰:"我初但欲起师之疾,不意无厌至此也!"僧懊恨而归。

点 铜 成 庚

法空首座无相师,雪川人,与余为姻家,待制公沈纯诚之季也。一举不第,遂祝发以求出世法。间亦留心锻事。尝于焦山与僧法全语及点化,而全云:"我术正是点茆耳。"空曰:"出家儿岂当更学此?若一有彰败,则所丧多矣。"全曰:"我法异此,止以一药点铜为金,而所患制铜无法于骨董袋携行,或为人所窥尔。"因出一纸里视空,质溪沙也,而加重。且抄数钱匕,令空烹之。通夕不能成汁。呼全讯之,全笑曰:"人得此视之,溪砂也,岂知实铜耶?"复取白药少许投之,砂始融化。出火视之,真金也。空拜礼称赞云:"目所未见也。"复日加延款,且请其术。全曰:"我不惜术,但我有前誓,且恐起贪人妄费之心,反致奇祸,实无益于人也。请为师言其自也。我年二十无家,为道人。同侣三人,共学丹灶,历年无成。因绍圣元年七月十五日,相语曰:'我辈所学,游访未远。今当各散行,以十年为期,却以此月此日会于此地。道人无累,是日不至,即道死矣。'遂举酒为约。三人者散往川陕、京洛间,我即留二浙。转首之间,忽复至期,出丰乐桥,三人者次第俱集,相待欢甚,剧饮数日,各出所得方诀参较之。内一茆法差似简易,即试为之,而铜色不尽。一人曰:'我于成都药市遇一至人,得去晕药,彼云奇甚,而我未试也。'因取同烹,而色益黄。意谓药少未至,增药再烹,及出坯中,则真金矣。更相惊喜,袖市肆中,云良金也。众复相与谋曰:'常闻京师栾家金肆为天下第一,若往彼市之无疑,则真仙秘术也。'复被而行,至都,以十两就市。栾氏取其家金较之,则体柔而加紫焰,即得高直以归。时共寓相国寺东客邸中,复相庆曰:'我辈穷访半生,今幸遇此,可以安心养道矣。万一未能免俗,则饮酒食肉,可毕此生。今当共作百两,分以为别。'即市半边官酝,大嚼酣饮而烹铜。不虞铜汁溅发,火延于屋,风势暴烈,不可救扑,火马四至。三人者醉甚,而我独微醒,径破烟焰,从稠人中脱命而出。惧有捕者,素善泅,即投汴水,顺流而下。度过国门下锁,始敢登岸。方在水中,即悔过祈天,且誓为僧及不复再作。或遇干大缘事,不能成就,当启天为之,不敢毫发为己用也。况敢传人乎? 若首座有未了缘事,可与众集福者,我当分药点治,虽百两不靳也。"空既聆其说,亦不敢深逼之。一旦不告而去,后不知所在。其徒三人,二人醉甚不支,焚死;一人就捕受杖,亦数日而卒。

草制汞铁皆成庚

朝奉郎刘均国言:侍其父吏部公罢官成都,行李中水银一箧,偶过溪渡,箧塞遽脱,急求不获,即揽取渡傍丛草塞之而渡。至都久之,偶欲乘用,倾之不复出,而斤重如故也。破箧视之,尽成黄金矣。本朝太宗征泽潞时,军士于泽中镰取马草,晚归,镰刀透成金色。或以草燃斧底,亦成黄金焉。又临安僧法坚言:有歙客经於潜山中,见一蛇,其腹涨甚,蜿蜒草中。徐遇一草,便啮破,以腹就磨,顷之涨消如故。蛇去,客念此草必消涨毒之药,取至箧中。夜宿旅邸,邻房有过人方呻吟床第间,客就讯之,云正为腹胀所苦。即取药就釜,煎一杯汤饮之。顷之不复闻声,意谓良已。至晓但闻邻房滴水声,呼其人不复应,即起烛灯视之,则其人血肉俱化为水,独遗骸卧床。急挈装而逃。至明，客邸主人视之，了不测其何为至此。及洁釜炊饮，则釜通体成金。乃密瘗其骸。既久经赦，客至邸共语其事，方传外人也。

糁　　制

嘉禾墨工沈珪，言其卖墨庐山，过僧了希，语及丹灶，夜宿其庐。希探箧取一药示沈，正琥珀色，秤取二钱重，用水银一两，同入铁铫中，以盏覆之，置火上。顷之作婴儿声，即开视，以秤秤之，并药成一两二钱黄金矣。希言此是死硫也。又言临安一山寺前，有翁媪市饼饵为给。而寺有僧，日出坐其肆，凡二十年。察其翁媪日用无过费，而纯质如一，一日密语之曰：“我有干汞法，未尝语人。念尔翁媪甘贫于饼肆，且老之，可坐受安逸。”翁媪即谢而受其方，并面干汞示之。数日，翁媪复携饼饵造僧房见僧云：“诚谢老师见惠秘方，以休养二老。然老夫妇亦自有一薄术，自谓不作不食，不敢妄享。甘心饼肆，以毕余生也。”乃出药于僧前，取汞糁制，即成黄金矣。老僧惭恶，礼谢翁媪云：“吾二十年与神仙俱而不知，真凡骨也！”翁媪既归，明日僧出访之，则空室矣。

市 药 即 干 汞

朝奉郎军器监丞徐建常，余姊丈也，建安人。其父宣义公，故农家子。后以市药为生，性好施惠，遇人有急难，如在己也。贫乏求济，倾资与之，不吝焉。暇日乘舟至郡，与一道士同载，如旧相识。道士从容谓公曰：“子有阴德。我所秘干汞法，当以授子，可广所施也。”即疏方示公，并令公市药与汞，取汞置铁铫中，以药少许糁上，复以器覆之，置火上。须臾，闻铫中婴儿声，即揭起视之，汞已枯矣。公徐取汞，并以所示方裹之，以谢道士曰：“我之薄施，未足及物，要当竭力所致为之，此不愿为也。天或下悯我未有子，倘遣吾得一起家之子，是吾愿也。”即投汞与方潭水中。道士笑谢曰：“我非所及也。”是岁建常生，至年十四，始令从其姊丈陈庸器读书，且嘱之曰：“吾待汝十年游学，若至期不第，即还，代我掌药肆也。"建常十八岁考中上舍高等。
二十四，果于李常宁榜中登科，如公约也。

药 瓦 成 金

李枢公慎，副车李玮之曾孙，云其季公雄帅，秘藏王先生手化金
瓦，遇好事常出而示之。且言初长主召捷至，为设酒，谓之曰："闻先
生能化金，可得一见否？"捷曰："此亦戏剧耳。"时坐炉侧，捷令取新瓦
一片手段之。取所酌酒杯置汤鼎上，投瓦其中，抄少药糁上，复注汤
满杯。酒散，汤已耗半。取瓦视之，则两角浸汤处皆成紫磨金，而一
角元是新瓦也。又余杭陈祖德云：尝见吕吉甫家藏娄敬所化药金，
重三十两。元是片瓦，而布纹仍在也。

变 铁 器 为 金

阁门宣事陈安止云：其姻家刘朝请者，在镇江常延顾一道人，临
行借取案间铁铫，云欲道中暖酒用。既与之，数日，其子相遇泗上，道
人以纸数重封铫还刘，嘱曰："慎勿遗坠！"至家呈其尊，因大笑曰："铫
不直百钱，何用见还，又封护如此其勤也？"即置之闲处。一日取铫作
糊，既涤濯之，视铫柄有五指痕，及转握处皆成紫金色。惊叹累日，传
玩亲友，无不叹赏者。盖是其真气所化也。

历代笔记小说大观总目

汉魏六朝

西京杂记（外五种） ［汉］刘歆 等撰　王根林 校点

博物志（外七种） ［晋］张华 等撰　王根林 等校点

拾遗记（外三种） ［前秦］王嘉 等撰　王根林 等校点

搜神记·搜神后记 ［晋］干宝 陶潜 撰　曹光甫 王根林 校点

世说新语 ［南朝宋］刘义庆 撰 ［梁］刘孝标注　王根林 标点

唐五代

朝野佥载·云溪友议 ［唐］张鷟 范摅 撰　恒鹤 阳羡生 校点

教坊记（外七种） ［唐］崔令钦 等撰　曹中孚 等校点

大唐新语（外五种） ［唐］刘肃 等撰　恒鹤 等校点

玄怪录·续玄怪录 ［唐］牛僧孺 李复言 撰　田松青 校点

次柳氏旧闻（外七种） ［唐］李德裕 等撰　丁如明 等校点

酉阳杂俎 ［唐］段成式 撰　曹中孚 校点

宣室志·裴铏传奇 ［唐］张读 裴铏 撰　萧逸 田松青 校点

唐摭言 ［五代］王定保 撰　阳羡生 校点

开元天宝遗事（外七种） ［五代］王仁裕 等撰　丁如明 等校点

北梦琐言 ［五代］孙光宪 撰　林艾园 校点

宋元

清异录·江淮异人录 ［宋］陶穀 吴淑 撰　孔一 校点

稽神录·睽车志 ［宋］徐铉 郭彖 撰　傅成 李梦生 校点

困学纪闻 〔宋〕王应麟 撰 栾保群 田松青 校点

齐东野语 〔宋〕周密 撰 黄益元 校点

癸辛杂识 〔宋〕周密 撰 王根林 校点

归潜志·乐郊私语 〔金〕刘祁 〔元〕姚桐寿 撰 黄益元 李梦生
　校点

山居新语·至正直记 〔元〕杨瑀 孔齐 撰 李梦生 庄葳 郭群一
　校点

南村辍耕录 〔元〕陶宗仪 撰 李梦生 校点

明代

草木子(外三种) 〔明〕叶子奇 等撰 吴东昆 等校点

双槐岁钞 〔明〕黄瑜 撰 王岚 校点

菽园杂记 〔明〕陆容 撰 李健莉 校点

庚巳编·今言类编 〔明〕陆粲 郑晓 撰 马镛 杨晓波 校点

四友斋丛说 〔明〕何良俊 撰 李剑雄 校点

客座赘语 〔明〕顾起元 撰 孔一 校点

五杂组 〔明〕谢肇淛 撰 傅成 校点

万历野获编 〔明〕沈德符 撰 杨万里 校点

涌幢小品 〔明〕朱国祯 撰 王根林 校点

清代

筠廊偶笔 二笔·在园杂志 〔清〕宋荦 刘廷玑 撰 蒋文仙 吴法源
　校点

虞初新志 〔清〕张潮 辑 王根林 校点

坚瓠集 〔清〕褚人获 辑撰 李梦生 校点

柳南随笔 续笔 〔清〕王应奎 撰 以柔 校点

子不语 〔清〕袁枚 撰 申孟 甘林 校点

阅微草堂笔记 〔清〕纪昀 撰 汪贤度 校点

茶余客话 〔清〕阮葵生 撰 李保民 校点